銭守女

風間志保

銭守女

文芸社

この本を苦労を重ねている二人の
息子に贈ります
兄弟仲良く過ごしてくれることを
心より祈って。

志保

銭守女

目次

銭守女
ぜにもりおんな

銭守女と呼ばれる女。

銭を愛し、銭に執着し、銭を守り通した女。

その女、何を求めて銭を愛するのか。何故にこれほど執着するのか、銭を守り通した女が本当に求めていたものは銭？

やり切れない悲しみが銭で買えたのだろうか
哀れさだけが残る気がする。

ただ哀れさだけが……


時は明治から大正へ移ろうとしていた。浪花のとある町の片隅に、女の赤子が、生声《うぶごえ》をあげた。

月満たぬうちに、この世に出て来た赤子は、消え入るような声をふり絞って、生れたんだとうったえていた。

小さな目、小さな口、鼻だけが異様に高く、しょぼしょぼとした髪を頭につけていた。あまりの小ささに人形のように可愛いというのが当てはまる赤子だった。「育ちまっしゃろか」これが母親の第一声であった。この時の姿、印象のまま赤子は浪子と名附けられて成人したのだった。

髪は猫毛といわれる毛でしょぼしょぼとしたまま、肩をすこし下がると伸びようとしなかった。色は浅黒いままで、皮膚がもう少しのびてくれれば、もっと白くなれるのに、いくらクリームをつけてものびてくれなかった。細い小さな目は形だけでなく、視力もおとっていた。眼鏡をかけない時は、這うようにして、手さぐりで用をたした。

浪子には、鋭い頭脳と高い鼻、そして小さな口から出る細い声があった。浪子はその得手を十二分に使った。小さな口からコロコロと声を出し、ホホホと笑って見せると次には口をすぼめて見せた。

細く三ッあみをして両方にたらした髪、帽子のかげからのぞく高い鼻、小さな口もとは、ちょっと見にはフランス人形のようにも見え、着物姿はあどけない博多人形に似ていた。

「まあ、綺麗な娘さんになって」浪子はその褒め言葉が大好きであった。

小さな体はあまり成長しなかったが、お嬢さん育ちの浪子は、自分のことを賢こくて、綺麗な娘だと思い込んでいた。「べっぴんさん」心をくすぐるこの言葉に酔っていた。もとは武家、気位《きぐらい》高い家に育った浪子は、威張るのが当然だと思っていた。着飾って褒めてもらえればそれでよかった。

女学校を卒業して、友達が嫁ぎ終った頃、浪子に縁談が持ち上った。お相手の家は商家出身の家柄ゆえ、武家出の娘を望んでいるという。お金のある家だから、ゆくゆくは二人のために家でも建ててもらって、大学出の二男坊と気楽に暮らせばいいという話。

女学校出の「べっぴんさん」が欲しいといわれ浪子はその気になった。条件は荷物のほかにダイヤの指輪をして、振袖を着て来ることとあった。しかし「そんなお金、あらしまへん。まだ下に兄弟がおます」と母親は反対した。

友達より有利な条件の結婚話に浪子は執着《しゅうちゃく》した。ダイヤを買えとぐずった。母親は仕方なく四十五円の振袖と二百円と誦《しょう》し、くずダイヤを高級品、安物のタンスその他すべてを嵩上げして、嫁入仕度を整えた。古着を縫い替え、シッケをかけて、着物ではなく下着も一生分として、たくさん箪笥《たんす》の中に入れられた。

浪子は小さな体をせいいっぱい伸ばして、堂々と嫁いで来た。「なんと、べっぴんさんやで」「二百円の振袖着てはんねん」「ダイヤの指輪やて」「お姫さんみたい」浪子は聞こえてくる声を一言も聞きもらすまいとした。「ちいさいなあ」とあざけるような声がした。「まるで人形や」と皆が笑った。褒めるのになぜ笑うのか浪子は不安になった。その夜、夫になる人は「はよ寝なはれ」と言ったまま、すぐにいびきをかいている。浪子はまた不安になった。「眼鏡の女はいやや」と夫。「格好悪い」と姑。知らない家で、浪子は必死で階段をかぞえ、部屋の広さを歩数で憶えた。眼鏡をかけずに道を歩く時も、首をかしげて道路を見定め、ころばぬようにした。「挨拶もせえへん」といわれても、それどころではなかった。

財布を離さない姑が、買物や食事の仕度をしたが、あと片づけは浪子の仕事であった。忘れ物はないかと、時間をかけて浪子は手さぐりで台所を這いまわった。

実家にいる時は目が悪いので手伝いもせず、台所仕事を嫌って、一日中ふらふらと暮していた。裁縫をするにも、台所仕事をするにも、眼鏡なしでは時間がかかることも、仕事をしない理由だった。

今までとちがって、母親に助けてもらうことも出来ず、わがままに家事をせずに育った浪子には、天と地がひっくり返ったような生活だった。

早朝から起きねばならないし、両親や夫に気を配らねばならないし、頭は痛むし、情けないし、三日に一度は頭が上がらなくなり、布団をかぶって母を呼んでいた。

夫は夜、食事をすますと、頬にチュッと音をたててキスをすると「ハイおやすみ」と寝てしまう。新婚家庭に似合わない、二男の優しさのかげに、浪子の踏み込めぬ壁が存在した。せめて話でもして欲しい、家に帰りたいと浪子の目から涙がしたたった。

新妻にふさわしい雰囲気が浪子にはなかったが、浪子自身は人形のように可愛いい妻として嫁いで来たつもりであった
誰も浪子の心を抱きとめてくれる人はいなかった。二男坊だから家でも建ててもらって、二人気楽になんて、どこの話だろうと不満に思い悲しかった。

やがて少し落ち着いてきた浪子は、回りをみるゆとりが出来るようになった。

家を建ててもらって、気楽に暮しているのは体の弱い長男の方であった。体は弱いが技師さんだそうで、生活力があった。女の児を抱いて、夫婦二人でよく遊びに行くのを見か

けた。

兄嫁は、大柄な色の白いふくよかな女だった。長男は義姉を可愛がり、浪子が嫁いだ時の、ダイヤの指輪や振り袖に気負けしないように、着物や指輪を買い与え、着飾らせて喜んでいた。

それにひきかえ、二男の方は安月給で、それをすべて小遣いに使っていた。浪子に与えられるのは、手土産のおまんの一つくらいであった。あまりにひどすぎる、私にも小遣いが欲しい、着物も買って欲しいと不満はふくらむ一方だった。

もう一つ心にかかることがあった。義姉と挨拶を交わしたとき、着物から押し出されてくる匂いであった。豊かな胸、丸い腰、色白な首から匂い立つ香に浪子は目が眩んだ。母親もギスギスした体つきだったので、こんな香に気づいたのははじめてであった。浪子は帰るなり二階にかけ上り、くんくんと体をかぎまわった。干草《ほしくさ》のすえたような匂いがした。無い!あの匂いはなんだろう、浪子は胸をつき上げられるような思いがした。香をたいているのなら自分も買わなければと思ったが、浪子は女独特の匂いだと感づいていた。

自分にないものを持っている義姉に対して、いいしれぬ憎しみを感じた。負けてたまるものか、私が先に男の子を生んでやる。勝気な浪子はそう決心することで、やっと気を静めることが出来た。

女の情を理解しにくい浪子は、どうすればいいのかわからなかったが、夫に猫のようにすりより、ただ可愛らしく甘えてみせた。

しかし二男は子供のような浪子を相手にせず、すぐにいびきをかいて寝てしまうのだった。浪子は一人暗い天井を眺めているのだが、涙をにじませ頬をふくらませてみても、しょうのないこと。あとは昼間の疲れで寝入ってしまうのだった。

浪子は人前でも、自分がこんなに夫に愛されていると思わせるように、夫の頭のてっぺんから、つま先まで手をかけ、行き届いた奥さんだと褒められて、やっと心を満足させるのだった。

二男は浪子に優しく接してくれたが、二人のつながりはどこかぎくしゃくしていた。

至れりつくせりに世話をやいてくれる妻は二男にとって便利でもあった。大の字に突っ立っていると服を着せられ、足を上げると靴下がはかされた。玄関口には靴がそろえられ、革のカバンを手渡されて、御出勤となるわけである。但し、財布だけは自分で持っていた。給料を自分の小遣いにするためである。

家の必要経費は姑がにぎっていた。浪子は自由に使えるお金もなく、箪笥の中に母親が用意してくれた衣類をやり繰りして耐えていた。ふとした話から、義姉が夫の給料を全額にぎり、優雅に暮しているのを知った。

私よりいい匂いをしているほかに、まだお金でいい思いをしている。浪子の不満はつのった。義姉は浪子に悪いことをしたわけではないが、おさえることが出来ず、幸せそうな義姉に対し言いしれぬ嫉妬から、黒い憎しみの芽が生れた。

浪子は、孤児だったと聞いている義姉より、自分の方が格が上だと思っていた。当時はまだ士農工商の身分差が残っており、次に金、即ち資産の差であった。

だから同じ女学校を出て、同じ武家の出であるにしても、浪子は自分の実家の方が格が上だと思っていた。つけとどけをしてくれる実家があり、嫁入り道具も自分の方が上だと考えていた。

にもかかわらず、義姉は夫に可愛がられ、綺麗な絹ものを何枚も着がえて、夫の給料を自由にしている。その上許されないのは、浪子にまだ与えられていない赤子を得ており、幸せそうに赤子を抱いて、浪子の前で夫婦で笑い合っている。浪子の心の中を切りさくように何かが走った。

「格がちがいます、格が。許せません」浪子の心の中で芽生えていた憎しみの黒い魂が胸の中からころがり出した。

浪子がこの家に嫁いでからの毎日は、気楽な二人暮しどころか、舅、姑と夫の小間使いのような生活だった。

そんな中で、のぞけるのは義姉夫婦の生活だけであった。浪子は嫁としての自分の不出来など考えもせず、表向きだけで義姉とくらべてばかりいた。

立派な嫁入り道具で嫁いで来た望まれた嫁だと思いこんでいたから、浪子の方こそ愛される嫁であって当然であった。

嫁とは家で働く女のこと、当然兄嫁も一生県命働いて、体の弱い夫の世話と生れた子の世話で寝る間を惜しんで働いていた。

しかし浪子は心の不満から、義姉の良いところばかりを羨やましがった。そんな立場にいた浪子だから、義兄が熱を出したと聞いたときには、胸の中で快哉を叫んでいた。「いかがですか、お大事に」と義姉には言いながら、夫には何の病気かわからないから近づかない方がいいと、親切ごかしに耳うちして、兄弟の仲を遠ざけるようにしていた。

そんな浪子を、困った嫁だと冷静に見ていたのが舅であった。男の目から、二男に気に入られていない嫁であると感づいていたのも舅であった。

長男の嫁は、生母の顔も知らず、幼いころ可愛がってくれた、今は亡き父の面影を舅の中に重ねて見ていた。舅の方も忍耐強く学問もあるこの嫁なら、体の弱い長男を助けてくれるだろうと心強く思い、頼る実家もなく舅にしか甘える事の出来ない兄嫁を哀れに思って可愛がった。そして、長男に万一のことがあっても、この嫁や孫が先々困らぬようにと将来のことを思い気遣った。

幼い体つきの二男の嫁に子供を生むのは無理なように思った舅は、長男の嫁に後継ぎを生んで欲しいと望んだ。

姑はそれが気にいらなかった。体の弱い長男に子はいりまへん。後継ぎには立派な二男がおりますと考え、長男の嫁に「子はいりまへん」と叱るように言った。浪子は姑に迎合した。「こんな立派な後継ぎがおりますのになあ」と二人はコロコロと笑い合った。

しかし、ものごとは姑や浪子の思うようにはいかないもので、二男には外に好きな女がいた。それは貧しい家の娘で、嫁にと言い出せず、二男は親の言いなりに浪子を嫁にもらったことを後悔していた。

健気なそのおんなは「あんさんの心があったら、一生ついて行きます」と言い、「どうせ二人はこの世では、花の咲かない枯すすき」と、当時はやった流行歌を気取っていた。

二男の月給の行方はこちらの生活に、回っていたのだった。

二男にとって未熟な嫁浪子をもらってみても、女として認めにくかった。便利な嫁としか言いようがなく、愛しいのは二号（妾の意）のような生活に耐えている女であった。

ささやかなお菜でも二男の口にはこび、おいしそうに食べると喜んで、うっとりと二男を見上げる女、一方、大きいお魚を二男に、自分は小さいのを取って、それが妻の役目のようにうつむいて食事をする浪子。浪子の目の悪さを理解出来ない二男は、その姿をうっとうしく思った。

女は、二男が浪子を嫁にしたときも、ポロリと涙を流しただけで、二男に添いとげると耐えている女だった。いとしさの増して来る女なのだ。子供が出来たらその時こそ、泥人形のような浪子を実家へ返して、この女を家に入れようと二男は決心していた。

しかし、どうしたことかその女にも、子供の生れる気配はなかった。熟しきった女なのに、子供を欲しがっている女なのに、かいもくその気配はなかった。

二男と浪子の心はすれ違ったまま、時が流れて行った。

第一次世界大戦で世の中が揺れている時に、この家にも嵐が吹きこもうとしていた。

戦争景気で世の中が忙がしい時だったが、舅と長男の稼ぎ頭二人が体調を崩していたのだ。そんななか安月給の二男だけが快調で、のんびりと、しかし、こっそりいそいそと女のもとへ通っていた。

そうこうするうちにも、長男の嫁に祝いのきざしがみえ、「今度こそ男の子を頼みます」と舅は喜こんだが、「後とりの顔がみたい」と言いながら、ついに果たせず、舅は亡くなった。

そして間もなく、舅の生れかわりのように、長男の嫁に男子が誕生した。本来なら祝いに沸くはずであった。

しかし、姑の祝いの言葉はこうであった。「よけいなことして、いらん子生んで」。長男の嫁は歯をくいしばって耐えた。

だが、それにも増して浪子は、もっともっと歯をくいしばってうめいた。羨やましくて、くやしくて「何でそっちばかりええ思いしますんやろ」と怒りが頭の中をくるくるとかけまわるのだった。

父の死後、家督を継いだ長男が、重責に耐えきれず倒れたのに、二男は見舞にも行かなかった。浪子の入れ知恵であった。「うつる病気かもわかれしませんのに、あなたまで倒れたら大変です」と止めてしまった。

浪子の言葉により、うつる病気かも知れぬと考えた姑と二男と、それに浪子の三人は、倒れた象が息絶えるのを見守るように、長男たちを遠巻きにして様子をみていた。

やがて、見舞いにも来ない冷たい親兄弟を怨みつつ、ついに心のかよわぬまま、赤子の後事を託すことも出来ずに長男は「死にたくない、この子を残して死にたくない」と言い続けながら憤死してしまう。

長男の嫁は、夫の遺言どおり、赤子を相続人として役所に届け出た。そして、言われたことをとどこおりなく済ませると、あとは考える力もなくなったように、ただ黙って座りこんでいた。頼る人を続けて失くした彼女には生れたばかりの赤子を胸に、涙を流すことしか出来なかった。

肉親の縁薄い自分の人生をふり返り、また自分と同じ肉親の縁薄い子供たちの前途に思いをはせて、暗澹《あんたん》とした心をふりはらうことが出来なかった。進む道もわからずに、赤子の泣き声にせかれて、ただ足踏みをするばかりだった。

それは、夫を亡くし、病弱とはいえ、いさかいをしたとしても、二男を後継ぎにしたいと考えたにしても、愛しい息子であった長男を続けて亡くした姑にとっては、悲しみは同じであった。

医療の不充分な時代のことゆえ、一年を置かずに、あれよあれよという間に夫と長男を亡くした姑は、心に穴があいたようで気持ちが不安定になっていた。

一方、「気の毒とは思うけど、そっちばっかりええ思いをしてはりましたから、こんどはこっちがええ思いさしてもらいます」と、心の中でひとり喝采をしていたのは浪子であった。

うつる病気にちがいないから、これであの赤子たちが死んでくれたら、万事うまくいき、私の世になる。私が赤子を生むんだと浪子の心はおどり、喜びを押し隠して、涙にくれたふりをしていた。

「お姑《かあ》さん、私が男の子を生みますから」と姑に取りすがって、抱き合って悲しみを分ち合うふりをした。

兄嫁と角つき合せていても、世事にうとい姑と浪子の二人は、この時まだ、全財産が長男の赤子の手に入ったことを知らなかった。忌が明けても赤子たちの泣き声は元気であったし、熱が出たとも聞かれなかった。


兄の赤子がなかなか死にそうにないので、のんびりした二男も腰を上げて、何とか手続きをせねばならぬと役所に出かけ、腰をぬかしてしまった。「そんな馬鹿な、そんな馬鹿な」とくり返しつつ帰ってきた。

二男から、家の財産はすべて生れたばかりの赤子のものになっていると聞かされた姑は。

夫と長男を亡くした悲しみも忘れ、嫁に対する怒りでふるえた。

夫や長男を亡くして、そのうえ夫と二人で蓄財したものを、いまさら嫁に持って行かれてたまるものかと体中の血がたぎった。そして、何の権利もない浪子までが「許しません」と息まいた。

このままお金がなくなり、貧乏所帯のお手伝いで終ってはたまらぬ。今まで我慢してきたのも、いつか家を建ててもらって、夫と二人の気楽な家庭が欲しいから耐えられたのにと、欲と計算ちがいにあわてた浪子は「あなたのものになるはずです」と夫をけしかけた。

三人は座ったまま泣きくらしている長男の嫁に罵声をあびせた。姑は夫や息子を亡くした悲しみを、財産を取られた怒りに変えて、嫁を足蹴にした。

「この盗人、勝手な真似をして」と泣きながら嫁を叩いている姑を見て、興奮した浪子は赤子を叩こうとした。

それを見て義姉はすばやく自分の頬を出し、浪子の手から赤子をかばった。そして、後継ぎになった赤子を殺されると思った彼女は、実印や書類をさし出した。手離してはならぬという夫の遺言にもかかわらず子を守るためには仕方なかった。

長男の遺言を聞いてもやらず、父を亡くした幼児の将来も考えず、病気の恐ろしさから逃げていたおのれたちの行動を棚に上げて浪子たち三人は「何事も兄嫁が悪い。始めから、こうしとけばよろしい」と、意気揚々と引きあげて行った。

しかし、実印があっても権利証があっても、家の財産や通帳は二男のものにならなかった。

「はよ死になはれ」とか「いらん子をよう生んだもんや、出て行け」と姑と浪子がいくらののしっても、財産は二男のものにならなかった。

「おとうさんと一緒にかせいだお金は、わたいのお金だす」と姑は涙をこぼした。

亡くなった人との話し合いの手を抜いた姑と二男とその嫁浪子は、裏工作をするしか方法がなかった。

そして、一つの通帳を書きかえては「うまいこといきましたなあ」と顔を見合わせ三人はニンマリ笑い。続いて浪子の上を向いて喉をふるわせる高笑いに、あとの二人は合唱した。

長い年月がついやされた。それでも、まだまだ財産の書き改めは出来なかった。

長男の嫁は、財産を取りあげられたが、浪子たちの目の前で決然と貧困をはね返して子育てに専念していた。

当時、恐れられていた病気、結核やその他の伝染病にもかからず、後継ぎの息子や女の子も、ツベルクリン反応に陰性と出て、「はよ死ぬ子、いらん子」と言われていたが、すこやかに丈夫に育っていった。

それにひきかえ、後継ぎを生むと力《りき》んでみた浪子だったが、相かわらず暗い天井を睨んで、淋しく暗い日々を送っていた。

三人そろって食事をするときは、高笑いをして賑やかな家庭をみんな演出していたが、食事が終ると、姑は孤独な夜を迎えるのであった。

二階では床についた浪子は天井を睨み、二男は寝たふりをしていたが、心はあの女のところへとんでいくのであった。

浪子は、〝泥人形、体の中まで泥だらけ〟と人の口の端に責められているのも知らず、台所の後片づけがやっとなくらい、ただ弱く病いがちであった。

浪子は淋しく悲しかった。子が欲しい、子が欲しいと思えば思うほどに、浪子の心は重くすさんでいった。

後継ぎの坊主を睨みつけるだけではなく、道を通る他人の赤子でも握りつぶしたいほど、いらいらと気うつになって行った。

今、何が正しいのか、何をしてはいけないのか、そんなことは今の浪子にとってどうでもいいことであった。

すぐれた頭脳を持ちながら、古い格式の中でわがままに育てられた浪子は、気ぐらいが高く、愛よりも、自分を中心にものごとが回っていなければ、気がおさまらないのであった。

二男が財産を継ぐべきだったと聞かされれば、後家になった兄嫁をいびり、父親を亡くして後を継いだ赤子は二男の得るべき財産を取ったのだから、「死ね!」と叩いても、人の生存を拒否する倣慢さに思いいたらず、悪いことをしていると考えもしなかった。

夫に協力して財産を取りかえし（?）、嫁入り時の話のように、金持ちの奥さんになることの方が大切であった。

義姉たちも同じように幸せを約束されているのだということに考えが及ぶ浪子ではなかった。姑に協調して可愛がられることの方が人生の重大事であった。安い荷物をかさ上げして持って来たことなど、ケロッと忘れていた。

浪子はまだ手に入れていないおのれの人生をうっとりと夢見ていた。綺麗な着物を買って、赤ん坊を抱いて、夫と三人で暮らす、そこには姑の姿すらなかった。深く人を愛するとか、自分を犠牲にして情をかけるとかは、頭脳はよくても未熟な浪子には理解しにくかった。

ただ気にかかるのは、義姉がいらんといわれる子の赤子をかばって、なぜ頬を出して叩かれながら浪子をキッとみたのかということ。母親の心を理解出来ない浪子には不思議であった。

傲慢にも浪子は「生意気な！後家のくせに、私も男の赤子を生んで見返してやる」と心の中でののしっていた。

このままでは、浪子は妻というよりお手伝いにひとしかった。

「あなた、赤子生みましょ」と夫に甘えてすり寄ったが、夫は笑うだけだった。

この頃には二男も、未熟な浪子が泥人形と陰口を叩かれているのを知っていたのだった。二男夫婦に子の出来ないのに業をにやした姑の命令で、夫婦は医者めぐりを始めたが、結果はもっとみじめであった。

医者によれば、浪子の体は未熟で子を身ごもることは無理だという。しかし女性の体は変わるので、将来の希望はあると慰めてくれた。

また問題は二男の方にもあった。二男の体にも、幼児期の「おたふくかぜ」が原因かと思われる障害がありそうで、希望が薄いという。

「万一ということもありますので、仲良く暮して下さい」と医者はなぐさめてくれたが、打ちのめされた二人は目を合わせることも出来なかった。

先に帰された浪子は義姉の所へ寄り、心の苦しみを叩きつけるように、さんざんののしった。「ようこんないらん子二人も生んだもんや、あんなきつい姑の下で、私やったらよう子生みませんわ」そうののしって、やっと胸のおさまった浪子は、素知らぬ顔で帰って行った。

その日だけは義姉は笑った。いくらいじめても悪どいことをしても、浪子は子を生めぬ女と知って、お腹が痛くなるまで笑った。

女の直感が、長い間いじめられ、追いつめられて狂いかけた彼女の思考力を正し、人生を守ってくれた。

浪子は夫の帰りを待ちわびた。今日こそ浪子を抱きしめて慰めて欲しかった。夫婦で痛みを分ち合って語りたかった。しかし、その夜、夫は帰ってこなかった。浪子は二男を怨んだ。姑に気づかれぬように畳を叩いて二男をののしり、部屋中ころげ回った。死にたい思いで夜明けを待った。暗い部屋の中で、あふれる涙が涸れ果ててもついに夫は帰って来なかった。二男が家を空《あ》けたのは初めてだったが、そんなことにもかかわらず、姑は二男にも浪子にも何も言わなかった。そしてまた同じ毎日のくり返しが続いた。


しかし、二人の雰囲気を察した姑の心は大きく変わっていった。おのれの誤ちに気づいた姑は寡黙《かもく》になった。

二男の心もまた変わった。罰が当たったなと自らを悔いていたが、いまさら義姉と仲なおりすることも出来ず、お金を取り上げてしまったことについては、後に引けなかった。

あの日、ひとりで夜明けを迎えた浪子だけはちがっていた。目がすわり、心は石の要塞を築いていた。浪子にとっておのれのせいでものごとが悪くなるということは考えられなかった。

こうなったのも舅の考えが足りず、病弱な義兄が悪くて、生れなくてもいいのに生れた赤ん坊が悪いと思いこんでいた。

生れてきた者の生きる権利などは、権力のために押え込まれても、さほど不思議でもなかった。「むごいことをしますなあ」ですんでしまう時代だった。

舅の財産が舅の死亡により長男に移り、その長男の財産が長男の死亡により生れてきた男の赤子に受け継がれるのが当時の法であった。しかし赤子が生れなければ長男の財産は、二男に受け継がれるのがまた法であった。故に浪子流に考えれば赤子は「いらん子」であり生れて欲しくなかった子だった。

法がどうとか、格式がどうとかは自分を中心に回すためにあるものだと浪子は思っているのだから、浪子にとって理不尽なのは赤子の方で、あの子さえいなければ、財産は二男のものになるはずだった。

いや、それよりも後継ぎとして届出さえされてなければ、死ぬのを待って、家の財産を長男から二男へ、自分たちのものにすることが出来たはずであった。

死ぬと思われた赤子が間にはさまるからややこしくなる。いらん子が生れなければ、浪子たちにとって、本当にうまく財産が自由になるはずであった。

「うまいこと、いきましたなあ」それが、姑と二男と浪子を結びつける、たった一本の絆《きずな》となった。悪い事故の絆だから、もう浪子を離縁することは出来なくなっていた。

「うまいことをする」これが、深く傷つき、冷やかな雰囲気を持ち始めた浪子の人生観になり、心の傷を癒すたった一つの手段となっていった。

誰がお金を渡すものか、「あんな子にやるお金、あらしません」と公然と口にしだした。

一方、変なもので二男と浪子は子宝がさずからない悲しみと淋しさから、少しずつ夫婦らしくなっていった。

「活動いきまひょ」と浪子を連れ出したり、「甘いもんどないだ」と連れて行くようになった。また、浪子を身内として家賃集めを手伝わせたり、銀行に行かせるようにもなった。

それにつれて、浪子は義姉に対してますます居丈高になっていった。

姑は望んで浪子を家へ入れた責任を思い、二男の孫に恵まれぬ悲しさから、貝のように口を閉ざしてしまった。

姑は格子の間から遊んでいる長男の孫を見やり、我が身を責めるせつなさから、思わず涙をこぼしてしまった。

内風呂より、広い銭湯を好む姑は、夕刻の入浴を楽しみにしていた。ピカピカにみがいた赤銅《あか》の洗面器を抱えて入浴していた姑は、幼い孫に声をかけられた。

「うちの婆ちゃん、背中ごしごし、したげましょ」と近づいてきた孫の背を流し、自分の背を幼い手にあずけているうちに、孫を抱きしめ、連れて逃げたくなり、嗚咽《おえつ》の声を止められなくなった。あふれる涙を「汗だす、汗だす」と洗い流していた。

こんな話は、人の口の端から長男の嫁の耳に入っていったが、これまで涙を流し歯をくいしばってきた嫁の心を開くことは出来なかった。

もちろん、浪子の耳には誰も入れようとしなかったが、たとえ聞いても、血のつながった者同士の心のゆれは、子がないことで意固地になってしまった浪子には理解し得ないし、逆に「べんちゃらしても許しまへん」と思うだけだった。

この家の中で孤独に生き、子の生れぬ不幸に一人で耐えねばならぬ浪子は、身の回りに冷やかなバリヤを築き、誰も寄せつけなかった。姑や二男と高笑いで唱和したあとはピタッと口をとざしてしまうのだった。

法を無視し、なめている浪子は、いま自分がしている人の誕生や生存を拒否することがどういうことになるのか、理解出来なかったし、また、しようともしなかった。ただ、相手が邪魔で憎かった。

詐欺や人殺し、強盗は世間の人がする怖ろしいことであって、今の浪子がしていることは、夫を助ける正しいことで、おのれの嫁入りの約束であった家を建ててもらって、二人でのんびり暮す邪魔をしたのは義姉や「いらん子」であって、その人たちをますます深く憎み許せないのが、浪子の行動を正当化する考えであった。

世間には仲人口という言葉が存在することすらしらなかったし、浪子も仲人口にのせられて嫁いできたことを、そして姑も二男も騙されていたのだとは考えもしなかった。

子供を生めないのも二男のせい、浪子の体はそのうち生めるようになるかもしれないという医者の気休めを、本気で信じていた。

「そっちばっかり、ええ思いさせません」とおのれの権利を主張しすぎるために、浪子はおのれの心の中で嫉妬とか憎しみが固まって、鬼が住みつこうとしているのに気づかなかった。

そんな厳しい考えでなく、浪子自身ひとり不幸に見舞われたかのように思い、おのれを中心に回らない世間に対するわがままな「許せません」だと軽く思い、行動していた。だから浪子にとっては、罪悪感などは考えたくもないし、自分の心の中をのぞきこみたくもなかった。

夫や姑の心が変わり、どう揺れているのか知る由もなく、今はただ三人の連ながりを大切にすることによって、甘えられるのが嬉しくて、子供を生めなくても可愛がってもらいたい一心から、いっそう姑と夫につくして行った。

世間の人にとっては不幸な、浪子たちにとっては幸運な第二次世界大戦が起きた。

「欲しがりません勝つまでは」という言葉とともに、国は戦争遂行のため鉄格子や鉄瓶、貴金属などの供出を国民に強《し》いた。

物資、資源の乏しい日本が豊かな国アメリカと戦うために必要な鉄類を集めるといわれ、人々は自分の供出した鉄が弾丸となって、アメリカ軍をやっつけていると信じさせられた。国の守りは国民の義務だと、勇ましい歌とともに人々は、負けるかもしれない苦しい戦争に追いこまれて行った。

戦争に勝てると信じさせられていた。疑う心は許されなかったが、やがて人々は疑い出すようになっていく。そしておのれの保身のために智恵を絞り出したのであった。

浪子たちはもちろんこの機会をのがさず、大いに利用した。兄嫁を嚇《おど》し、簪、指輪、帯止、金時計などのすべてを吐き出させた。

大切な鉄格子や赤銅のバケツと洗面器を持っていかれた姑たちは、兄嫁の貴金属で一家のすべてですと供出した。

ある日、智恵の回って来た義兄の女の子は「伯母ちゃん、水甕《みずがめ》どうしたの」と不思議そうな顔をした。「割れましてん」という浪子に、女の子は「叱られたん?」と気遣った
「いっぱい叱られましてん」と浪子は惚けた。女の子によって世間さまには浪子が水甕を

割ったことになった。

「うまいこといきましたわ」と浪子たち三人はお腹を抱えて笑い合った。

その水甕は台所に深い穴を掘って埋められていた。姑のたくさんあった簪や二男のタイピン、金時計、浪子のダイヤその他貴金属等と、カメラ、証書、権利書等々、財産の金庫になっていた。

水甕は大きかった。浪子たち一家の資産隠しには、もってこいの大きさであった。舅の趣味で庭に据えてあった石の手洗鉢が、台所まで転がされて、蓋の役目をした。立派な土中金庫であった。

女の子はまた言った「手洗うのないよ」と。「よう知ってまんな、油断ならん」と浪子たちの警戒心を呼んでしまった。

この土中金庫は、後に戦災で家が全焼してしまった浪子たちに幸運をもたらした。

しかし二男は、なれぬ重労働でカリエスを発病した。そのお陰で兵役を免れたのだから、やはり幸運かもしれなかった。

お国のためにと口で唱えて、二男は町内の仕事を買って出た。戦争がきびしくなり、近所でも戦死者が多く出た。こうなると世間は二男を許さなかった。

「家とこは二人も戦死してるのに、目の悪い子まで召集が来た。大きな図体をして、ここだけなんで目こぼしや」「うちは知ってるで、簪やダイヤの指輪供出してなかった。どこへ隠した」と今までは陰口であったのが、皆に怒鳴りこまれ、二男は人前で大泣きした。出征のことは目こぼしでないと言いわけして、銃後で働いて国につくしますと土下座して詫びさせられた。この頃には戦争のために人の心はひどくすさんできていた。

生れて始めての試練であったが、二男は人に嫌われる結核カリエスだとは言えなかった。言えば別の意味でも世間からつまはじきされる。二男は兄を見捨てた罰だと、ひたすら土下座し、残った出征兵士の実家の世話をするということで許しを乞うた。

こんな思いをしても、この時代には召集をまぬがれたことは、大変な得であった。幼い少年たちまでが、予科練習生として出征し、戦死していくのを見て、二男は胸がいたんだ。病気ゆえに、年老いた母のそばにおられる幸運を思い、土下座は軽い罰だと耐えられた。

こんなことがあって夫が苦しんでいても、浪子だけはケロッとしていた。浪子は赤子が義兄の病気をもらって、死んでくれなかったので、夫が発病したと責任を人になすりつけていた。

「赤子のせいとはちがいますがな」とさすがの姑もやり切れなかった。姑は浪子の体だけでなく、心の未熟さにいらだったのだが、浪子はお金に対しては賢く、金銭感覚は強かったので逆らえなくなっていた。

姑はますます寡黙になり、世間の移り変わりについていけなくなった。

やがて戦局は日とともに熾烈さを加えていくようになり、それにあわせるように食糧はとぼしくなり配給も少なくなった。

そんなとき、買物に出るようになった浪子は、玉葱の一つも隣家の主婦の袋にいれてあげ、「いい奥さん」と宣伝させる要領のよさも身につけていた。

そしてそのつけは姑の口を軽く締めることで埋めあわせた。「お姑《かあ》さんは小食だから」といつしか姑の皿に乗るおかずの量が減っていくようになる。

それを見て二男は、自分の皿のおかずを「これうまいよ」と母の口に入れた。そんなときは浪子も「これお母さんの好物やから」と姑の口におかずをはこび、円満さを繕った。

浪子は実家に頼んで食糧を買わせた。そして実家に帰って自分の食事を済ませると、残りを「これもらいましてん」と実家の手柄にして持ち帰った。二男は二男で、女の家で食事をしてから、帰ってきてまた食卓につくという生活だった。

だが姑一人だけは少ない配給のせいにされて、貧しい食事ですませねばならなかった。そんな生活が続いたためとうとう姑はやつれはて、嫁との戦いに破れるところとなってしまう。

そうこうするうちにも、国の中では大きな町々が空襲の火に焼かれて、見わたす限りの町や家が廃虚になっていき、やがて原爆を落とされた日本は戦いに敗れ、終戦を迎えることになる。

戦後のインフレの嵐はすさまじかった。金銭感覚のわからなくなった姑は、浪子に財布を全部渡した。浪子は財布を受け取るなり高笑いをした。上を向いて喉をのばして高笑いを続けているその姿には、姑に対する労わりとか、あとは私がやりますとかいった殊勝さはみじんもなかった。

自分の天下になった喜びで、一日中笑い続けた。辛棒したかいがあったと口に出して言えぬその思いを、上を向いて哄笑することでおのれの天下を宣言しているかのようであった。

二男はさすがに見かねて、「お母さんを頼んまっせ」と言った。浪子はチラッと夫を見て作り笑いをした。

本心からそう思うなら、外でなにをしているか白状して下さいと心の中でののしっていた。

浪子の個人の財産に対する裏工作が、この時より始まった。

浪子は夫の体についてくる女の匂いに早くから気づいていた。心の中は荒れ狂ったが、浪子の頭脳がそれを押しとどめ、あくまでも夫につくし、夫に可愛がられる妻の役割を演じていた。この問題を騒ぎ出せば、「嫁して三年子無きは去る」と押し返されることを、計算高い頭脳は認識していた。にっこりほほ笑みながら、浪子は財布の紐をしめて行った。

また、この頃には世間の女たちが浪子のことを泥人形、腹の中まで泥人形とあざ笑っているのを知っていた。ひっぱたいてやりたいくらいの怒りを笑顔でごまかし、そのぶん陰で義姉をいじめてうっぷんを晴らしていた。

そんな世間の女たちに、やっぱり追い出されたの、女を作られたのと話題を提供することは、浪子の気ぐらいが許さなかった。表向きはいっそう姑につくし、夫に仕え、「ホホホ」と笑い顔をつくって幸福な一家の主婦であることをよそおった。

姑は世の中のことは何もわからなくなって来ていた。戦争で何もかも無くなりましたと告げられて、黙ってうなづくしかなかった。

インフレによる物価の高騰はすさまじく、財産は面白いように増えていった。律義な人間は損をして、要領のよい人間が得をする時代であった。

二男は要領よく泳いで稼ぎ、浪子はそれを懐《ふところ》に仕まいこんだ。長男の財産を書き変えるには、絶好のチャンスであった。二男は今までになく頑張った。

財産が自分のものになると思うと嬉しかった。親が金持ちだということよりも、自分自身が金持ちになることは素晴らしく、我が世の春だとばかり笑みがこぼれた。

二男も、戦争に行かないことで、つるし上げられ土下座させられた時の〝兄を助けなかった罰だ〟と思った心の揺れはもう忘れていた。

「うまいことといきましたなあ」夫婦はニンマリ笑い合った。

浪子は要領よく、財産が無くなったこと、二男の給料は五千円以上もらえること、生きていけるのは二男の働きと高給のためであると、価値観のわからなくなった姑に教え、喜ばせた。

また、物が高くなったことを姑に話して「爪の上に火を灯して暮さなあきませんね」とつけ加えるのを忘れなかった。

「わて、そこまで惚《ぼ》けてまへんで」と姑は心に思いつつも、自分たちの時代が終ったことを充分に思い知らされていた。

一方、長男の嫁も死にもの狂いで働いていた。女手一つで子育てするだけでも大変なのに、戦後のインフレを乗り切るのに、売るものすら浪子たちにみんな持っていかれてしまってなくなっていたせいもあった。

二男が後見人になって長兄の子供たちを教育するという約束は、義姉だけが子に恵まれて、自分は子を生めなかった、その怨みをふくらませている浪子の強い意志で忘れたことにされてしまった。浪子にしっかり財布をにぎられてしまった二男は、せめてあの子たちの学費だけでもと思ったが、自分の小遣いさえ勝手に出来なくなっている身にはそれすらもかなわなかった。

浪子は相変わらず「あの子らにやるお金、あらしません」とお金を抱え込んでおり、この家のお金は戦火の中、命がけで自分が守ったのだから、もう自分たちのものだと言い張った。

女の子は、お金が無いために、せっかく通い始めた高校を中退させられた。お金のない子は勉強する資格がないと、校長に叱られたとか言って泣いていた。

この話を聞いた姑は、舅が姑名義にしておいてくれた財産、土地の権利証を、これまで浪子たちに隠し持っていたのを取り出すと、ひそかに二男に手渡した。孫たちの教育費にする心づもりだった。

しかし、二男はこれをまた例の女のところへ持っていってしまった。

その女はこれまで渡されたお金を大切に使い、小さな家を建てて住んでいた。

「あんさんの重荷にならんようにかげで添うて行きます」という女が二男はいとしく、浪子にあずけたお金を全部やりたいくらい、女の先行きを案じたが、それどころか、この頃には小遣いさえ浪子に支配され、浪子に知られずにあの女に渡すお金の工面が出来なくなっていたからだった。

哀れなのは長男の嫁と孫たちだった。わが口を締めて、子供に食べさせていた長男の嫁は、栄養失調で倒れた。後日そのせいで病を得、落命することになるのだが、浪子はそれでも「あの子らにやるお金、あらしません」と知らぬ顔で横を向いていた。

「子が生まれんと私が苦しんだ分、もっともっと苦しんだらよろしいわ、自分だけ子に恵まれて、偉らそうにして」と、子を生んだ義姉に対する嫉妬心はまだまだ激しく浪子の心を揺さぶっていたのだ。

その心があふれて、栄養失調から病に倒れたのがわかっていながら「義姉さんは根性がないから、病気になって人に迷惑かけるんです」とまだいじめてののしっていた。二言目には「義姉は後家だ、あまりものだ」と言い、自分は二男の妻だと威張って、義姉を見下し、おさえつけようとさえした。

それを見て、お金も出さずにいじめる浪子のやり方は、義兄の子の頭にしっかり焼きついたが、伯父さんとは血がつながっているのだからと言う母の言葉を信じて、大学に行く時にはとか、結婚する時にはそれなりに出してもらえるかも知れないと耐えていた。

「爪の上に火をともして暮さなあきまへんね。大変なご時勢ですよって」と言いながら浪子は実家で腹一ぱい食べて、相かわらず姑には粗食を出して知らぬ顔であった。

姑は節約家であったが、働いて帰って来る人たちに対しては、一汁二菜以上の食事を用意した。漬物でお茶漬けなどという食事の仕方を嫌った。しかし今は大変なご時勢であることにはちがいなかった。ひときれの魚に手を合せて食べる姑は、物価の上昇におびえてしまっていたので、浪子には何かにつけて好都合であった。

不思議なもので、子供を生んでいないのと、隠れ食いするのとで、浪子の体は昔より元気になり、肩を張って威張る姿が身についてきていた。

姑が風邪を引いて寝込んだのを期に、家事労働の苦が手な浪子は実家の母を呼び寄せた。親孝行のつもりならよいのだが、姑が惚けてきたので、買物にも行かれしませんから、手伝ってもらいますという口実であった。

見舞客にも姑は惚けがきてるから何を言っても取り合わないでと言い、姑の口を封じてしまった。そして口実どおり母親に姑の世話をさせて働かせ、浪子は外へ出歩いていた。もう堂々高級な眼鏡をかけて人を睨みつけており、道を闊歩することが出来た。

実家で食事の出来なくなった浪子は、今まで友達もなかったのに、急に友達がふえて、お友達と会合ですとよく外食もした。自分のために使うお金は惜しいと思わないが、姑や母親に使うお金はもったいないと思った。

女の許へ出入りする夫には、荒れる心を押し隠して、悔しいがお世辞を言った。何といってても財産の名目は夫の名前に書き変えていたので仕方がなかった。それがいっそう浪子の苦悩を内攻させた。

「どこへ行ってたのです」と、茶碗でも割りたいほど口惜しかったが、怒ることも出来ず、黙って耐え姑に仕え夫に従った。

二男は衣装道楽であった。だから浪子も衣装をねだってみたが、そんなことで心を満たすことも出来ず、金額もたかが知れている。そこで浪子はへそくりに精を出して、お金などは母親の帯の中に縫い込んでしまった。

こんどは浪子と母親が「うまいこと行きましたなあ」とニンマリする番であった。

へそくりは面白いほど増えていった。二人がこそこそと話す声は意外とよく通った。昔からひそひそ話はよく聞こえると言われるとおり、寝ている姑の耳によく聞えた。寄る年波に感ちがいすることがあるが、気分の良い時には浪子たちのしていることがよくわかった。姑は罪の輪廻《りんね》だと感じた。

見舞いにきた孫に姑は「あの二人は、わての死ぬのを待ってます。浪子に心を許したらあきまへん」と教えた。

「お婆ちゃん、もう遅いよ、気づくのがー」と孫の女の子は心の中で思ったが、死を待つ人には言えずに黙って手を握っていた。

こうしていると、ずっと昔から仲の良かった婆と孫のように思えてくるのだった。姑も同じ心だったようで、女の子に向って「苦労した母ちゃん大事にしてやれよ。わしは、なにも出来ん婆になった」と気弱くポロリともらした。

この言葉は、浪子をここまで増長させてしまった以上、もう長男の嫁には通じる話ではなかった。財産のことを話されるのを怖れて、惚け婆になったと浪子は言いふらしたが、命脈も旦夕に迫り悲運を悟った姑は、惚けてはいなかったが、心静かにそれを受け入れ、自分の血を受け継いだ女の子の成長に目をほそめた。

そのうちにまたまた変なことになってしまった。二男の女が姑に逢いたいと言い出したのだ。「あんさん、いっぺんでええから、お姑《かあ》さんに逢いとおます。うちのこと何も話さんでもかましません。うちの心はお姑さんに、あんさんに逢えて幸せでしたとお礼言いとうおます」とねだられてしまった。

女はそれなりに、小金を貯めたところへ、姑が土地を呉れたと思いこんでいたのだった。二男は困ったが、浪子がこの女のことを知らないと考えて、仕方なく、気づかれぬように正月に部下が挨拶に来たことをしようということにして、女を家に連れて来ることにした。

女は「お姑さんが生きてはる間に、一度でいいから陰ながらでも逢うことを認めて欲しい、お願いします」と初めて無理を言ったのだった。

長いあいだ耐えて来た女は、姑に気に入られるように、今度こそ浪子に負けぬようにと、ダイヤの指輪をはめ正装し、見舞品をかかえてやって来た。

浪子の目を最初に射たのは、ピカッと光る高級ダイヤの光りであった。次に挨拶をした女の匂いであった。ハッとした浪子は笑顔を作ったものの、足のふるえを止めることが出来なかった。

「何しに来た。何で来た」思わず口の中でののしった。大きな塊を口に押し込まれたように息のできなくなった浪子は、チビ熊のように台所をうろうろしていた。

人が気いつかんと思うて白々しい「何のために何しに来た」とぶつぶつくり返し言っていた。負けたらあかん、弱身を見せたら負けると自分を叱咤したが、眼鏡をかけても目の前が、真っ白になり、急須がカチカチ鳴ってうまくお茶も入れられなかった。

そこへまた、まの悪いことに兄嫁も正月の挨拶と見舞いをかねてやって来て、その女と鉢合せしてしまった。

一方、また女も客であることを忘れて、思わず上座をすすめてしまった。だが、うすうす知っていた兄嫁は、一と目見て察し、そこはうとまれた者同士、ひかれるように二人は気持ち良く世間話を交わしあった。

そこへ浪子がお茶を持って出て来た。浪子には見せたことのない笑顔で義姉はその女に話しかけていた。浪子はこんどこそ頭の中が真っ白になり、嫉妬心を爆発させた。

「義姉さんは上座に座っていったい何様のつもりです。うちの人のお客に恥かかす気ですか、うちの人の顔に泥ぬる気ですか」と蹴飛ばさんがかりのいきおいで怒鳴った。

浪子の目はつり上り、手がふるえて茶碗がお盆の上でころがった。浪子は完全に自制心を失くしていた。

「恐ろしい人でんな、あんさんが可哀そう」女は思わず口にしていた。

やっぱりと思いながら兄嫁はわりあい平気だった。浪子の怒声はいつもの行事であった。


こんなことがあってから、浪子の心はますます意固地になっていった。可愛いいのは自分だけ、自分を中心に回っていないものは、自分の母親でさえも拒否し、ここにいたければ女中代わりに働けと強要する始末だった。

それは心の中に閉じ込められていた不満、未熟な自分を生んだ母に対する怨みででもあった。立派な嫁だと自負して嫁いで来たのに、こんな私を生んでしらん顔で嫁入りさせたと母に八つあたりした。

しかし夫に対しては浪子の頭脳は冷静さを要求していた。

「こないだ来はった人なあ、ええもん着てはったなぁ」と着物をねだったりした。そうすることによって自分の心をかくし、あの女をあくまでも夫の部下として遇し、何も気づかぬふりをしていた。義姉が上座に座ったのが悪いのだと、囲りの人には思わせた。夫に甘え、責任を転化するのが上手な浪子だった。

姑が亡くなった。浪子は「おかあさん、おかあさん」と泣きすがり、自分が一番可愛がられていたと人々に思わせた。そして、あの女が二度と来ることを許さなかった。

祖母の言葉を思い出し、どうして生きているうちに自分たちは仲良く出来なかったのだろうと泣いている孫の女の子を浪子は白い目で見て「早うお茶を出しなはれ」と涙を流すことを許さず、命令を下していた。浪子にとって女の子はいつまでたっても「いらん子」であったから、孫らしく涙を流されるといらいらしたのである。

二男が女の子の顔を立てようと財布を出して買物を頼もうとしても、浪子は許さなかった。いま涙を流していた浪子とはうらはらに、自分の命令に従わないものには厳しい性分だった。夫に対しても、容赦はしなかった。まわりのものはそんな浪子をどうすることも出来ず、それからは完全に浪子の世界になっていった。

浪子たちは、こんどこそ二人のための家を新築することにした。これであたり前です。やっと約束を守ってもらいましたと浪子は思った。

浪子はちゃっかりと女中代わりの母親を連れて来て自分は楽をしていた。

二男は自分の家ながら居心地が悪く、ついついあの女の家へ足が向いた。

あの女は、家で仕事が出来るように和裁の技術を習い、隣家の戦争未亡人と協力して、隣家で七五三の時に着る衣装や、成人式の時に着る訪問着などを商なった。

この商いは当たって、生活にゆとりが出来たが、あの女は自分の体はいつでも明けられるように、商売の欲は出さなかった。すべてが二男中心に計画されていた。

姑や二男の口をじわっと締めて金を溜めている浪子と、二男のために生きているあの女のちがいだった。

やがて「後継ぎ生みます」と言ったことなど忘れたような顔をしている浪子の頭に、だんだんと霜がおりるようになっていた。

新しい雰囲気、新しい環境の中で暮らし始めた浪子は、金持ち連中の仲間入りをして、お茶の会に出たり、お花を習い始めたりした。

義姉たちのことを貧乏人がとか、貧乏人のくせに顔出すなと差別し、いじめていたことを横において、他の人がボランティア活動をしているのを知ると自分も仲間に加わった。右の手で兄嫁を威《おど》し、いたぶり、左の手で貧しい人の話を聞いて、優しい声で慰ぐさめてあげることが浪子には出来た。

浪子には本質的な人間の心が欠けていたので、それを理不尽とも思わなかった。金持ちたちの大切な娯楽の一つ、金持ち社会のつきあいの一つと心得ていたのだった。

しかし、時がたつにつれて、貧しい人の話に教えられ、人生とは、夫婦とは、親子とはと、考えざるを得なくなるようになって来た。

浪子は子のない淋しさを思い、夫婦のあり方を、過ぎし人生を問われることになった。

いろいろなことを考え始めると、浪子は裸になって自分を見つめねばならなかった。人の一生にとって深く考えねばならぬ重大な岐路に浪子はさしかかっていた。義姉一家のことを考えねば、そこから流れて来たお金のことを考えねば——ああ、嫌だ。

浪子は苦労して守って来たお金は、自分のものだと執着《しゅうちゃく》した。子供はいらない。何故なら無い子には泣かされないからだ。そう自分の人生に決着をつけると、浪子はさっさとボランティアを止めて、お金を数える楽しさにもどって行った。

姑が亡くなった後、二男は当然のように居心地の良い女のところへかよった。変だと気づいた浪子の母親は、浪子に尋ねたが、浪子は口を結んで母親にも話さなかった。

浪子の母親は、自分が居座っている養老院のような家庭が、二男には面白くないのだとは考えなかった。それどころか「あんさんの親の面倒見さしてもらいましてん」と養ってもらうのが当然のような顔をして、堂々としていた。

面白くない家庭に笑顔だけ残して、二男の心はあの女のもとへとんで行った。二男が出張だと外泊すると、浪子と母親の二人はこの時とばかり、好きなものを腹いっぱい食べていた。浪子が二言目には言いふらす、爪の上に火を灯して生活しているにしては二人とも肥えていると、遊びにきた女の子は思った。

浪子の母親は、骨と皮にやせてこの家に来た時の姿を忘れて「食べいでも肥えるたちだす」と言い、浪子と笑い合った。そして二人は、襤褸綴《ぼろつづ》くりですと言いながら、古着の中にへそくった財産を隠し続けていたのである。まことによく似た母娘であった。

そしてこちらも、まことにのんびりした「二男殿」であった。自分は浪子を裏切って、女の許へ出かけていても、財産をあずけた浪子は裏切らずにつくしてくれると思いこんでいた。

あの女のところへ隠し財産を置くことなど考えたこともなかった。兄のお金を書き変え、財産を隠すことを教えておきながら、浪子は一生自分に従う女だと思いこんでいた。

母親でさえも二男のことを歯がゆく思い、気の良いところをなげいていたくらい、どこか抜けた二男であった。そして、どこか抜けていたために、悲劇は静かに進行していった。

浪子は八十を過ぎた母親に家事を押しつけ自分は遊んでいた。どうしても母親を許す気になれず、こんな私を生んだのだから、私のところに置いて欲しかったら家のことをしてくださいと追いつめ、母を泣かせていた。

そしてその母親が亡くなっても浪子は涙一つ見せず、お金ばかりを数えていた。浪子はただ、ただ孤独であった。

母親と暮していても、気ぐらいの高い浪子は本当の苦しみを語ることが出来なかった。

日がたつにつれて、意固地な心の中で、悲しみは凝縮され、浪子はますます孤独で意地悪な女になり、その目は味方のいなくなった囲りを睨《ね》めまわしていた。

目の悪い浪子は家事をしなくなり、気がつかないままに、家の中は薄よごれていった。浪子の頭の中にあるのは、お金のことだけであった。

子のない二男と浪子は老後のことを考えねばならぬ歳になっていた。

そこで二人は、はたと行きづまってしまった。お墓の名儀を書き変えるのを忘れていたのだった。二男がお墓の世話をしていたので、自分のものと錯覚していたのだった。現実には、お墓は兄の名儀であり、男の子に受け継がれていた。二男は母と同じ墓所へ入りたかった。

眠れぬままに、二男は義姉のことを思い出していた。あんなに怨めしい目をして二男を見返したのは始めてであった。

長いあいだ、貧しい生活を強いられて来た義姉は、二男や浪子たちの厳しい手から、子供たちを守らねばならないと思う執念で生きながらえていた。どこと言って病のない体なのに、長い間の栄養失調で全身はボロボロになっていた。

弱い体を隠れ食いして生き長らえてきた浪子と対象的に、義姉は細くやせた体を執念だけで生きていた。

義姉が寝ついて入院していると聞いた二男と浪子は、世間ていをおもんばかって、大きな袋に見舞金を入れてやって来た。

義姉は最後の気力をふりしぼって二人を見つめた。この二人が子供たちのお金を取り上げ、学費も出さず、子供の結婚費用も出さずに、今さら何をしに来たのかというように、まじまじと二人を見つめた。

そして義姉は言った。

「私の面倒《めんどう》は子供が見てくれる。お金はないけど私は幸せ。うらやましいでしょ」

それを聞いて二男は、瞬時に母が孫の教育費に出した土地の権利書を、女に渡したことを思い出し、子供のない自分は親になりきれないことをさとった。

二男の顔は、ぎゅうと絞られるようにゆがんだ。

肩をいからした浪子の目は、赤ん坊がわりの大切なお金、何を言われても、誰がお金を渡すものかと青く怒光を発し義姉を見返した。

義姉は亡くなった。

二男は百歩譲って、恩に着せて義姉を家の墓に入れることを許した。だが墓は長兄の子の名儀に受継がれていたのだった。しまったと思ったがあとのまつりだった。

そんな事情があったので二男の心は複雑だった。二男はどうしても母と一緒のお墓に入りたかった。そして智恵をしぼって気嫌をとりながら浪子と話し合った結果、二男の死後は財産を半分浪子に与え、半分を兄の子供に返す遺言書を作った。

それだけあれば浪子の老後には、充分過ぎる額であったが、浪子の心はとんでもない話だと波立った。

「今さら何いうてはります。あんな子らにやるお金あらしません」と思ったが、夫を一人占めする最後のチャンスと、笑顔で「わたしらのお墓作りましょ」と話しかけた。

しかし「浪子と二人きりの墓なんてまっぴら」と二男は反射的に思った。そして二男は両親と同じ墓に入りたいと泣くように言った。

またもや浪子の心の中には黒い塊がはねまわり走り始めた。

「あなたは私の言うことを一度も聞いてくれなかった。誰があなたの言うことを聞くもんですか」と思った。

二男は、財産はすべて自分のものだと思っていた。しかし浪子は違っていた。のんびりした二男に財産は守れない。戦火の中、死にもの狂いで地下金庫を守ったのは私です。猛火の中、廃墟の中で一人動かず地下金庫の上に座って、あなたを待っていた私の姿を忘れてもらっては困ります。浪子の主張だった。

それ故いま、財産は浪子が取得して当然だと考えていたのである。

あの子らに財産をもらう権利はないと浪子は本気で考えていた。浪子は法律をなめていた。今まで思うようにしてきたのだから、これからも浪子の思うようにしようと決心した。

だが表向きは同意したふりをして、浪子は少しボケのきた二男に、浪子の身内を証人にして遺言書を書かせ、そしてもう一枚、印のない遺言書を書かせた。

それには全財産を浪子に遺すと書かれていた。

「これで安心です。あなたをお墓に入れないと言ったら、これで威《おど》します。」

と浪子は二男に、さざ波が寄せるようにしずかに微笑みかけた。

そして、二男が眠りにつくやいなや、財産を二分して兄の子にのこすと書かれた遺言書を、浪子はさっさと破り捨ててしまい、浪子に全財産を遺すと書かれた方を大切にしまっておいた。

それがなくても法律では浪子に有利であったが、これがあることによって兄の子供たちの権利を押えることが出来るのだ。

「これでよろしい」と浪子は二男の死を待った。「あんな子にやるお金、あらしません」と浪子は思いつめ、固く決意していた。「うらやましいでしょ」と子供をひけらかした義姉の顔を宙に思いうかべ、青く光る目で睨みつけていた。

二男の遺言は、義姉やその子供たちの一生を土足で踏みにじった浪子への唯一の抗議だったが、高慢な浪子はそれを許さなかったのである。

とうとう二男が入院した。

あとは二男が早く死んで、あの女のところへ行かれなくなるのを待つだけであった。

病院の前に見舞品を持って、あの女が泣きながらたたずんでいた。彼女にとっては、看病の一つも出来ぬのがくやしかった。二号の身が情けなかった。

しかし、ここまで来たものの、いつかの浪子の怒声を思い出すと入るのもはばかられ、寝ているであろう二男に呼びかけながら帰るに帰れず、恋しい思いで痛む胸を押えて立ちつくしていた。

丁度そこへ見舞いに来あわせたのが長兄の女の子だった。黙って近ずくと女の手から果物籠を受けとって「私のお見舞いとして渡してもいい？」と聞いてくれた。女は手を合せてうなずいた。

女の子は二男の耳にそっとささやいた。

「あの人からよ」と。二男は嬉しそうに目を細めた。うすうす事情を知っていた女の子は、嫁入り仕度をしてくれなかった怨みを忘れていた。もう、そういうことが出来る大人になっていたのだった。

二男の心は宙を飛んでいた。あの女に看てもらいたい、どんなにか心配していることだろう、耐えてきた女に逢いたい気持ちが、二男の生命力を強くした。

そんなこととは知らず、弱い体に看病疲れが出てきた浪子はじれた。

いつになったら死にますんやろ、このままでは、私の方が先に参りますがな、手抜きをしてもこの年になると看病はきつい、もう限界だと思った。

先生や看護婦さんたちにも、仲の良い夫婦だと認めてもらいたい、その思いで浪子は必死だった。

さかさになって、私が先に死んだら、大変なことになる、「早う死んで、早う早う」と願った。

浪子は大柄で柔和な二男が好きだった。二男に愛されたかった。二男の子を生みたかった。それなのに二男の心はいつも遠くをさまよっていた。

浪子を薄暗い二階に置いてきぼりにして、浪子を孤独にして苦しめた。一度だって私の涙をふいてくれたことがあっただろうか。

あの女にくらべて、浪子の冷たさが二男を押しのけていたが、浪子は気がつかなかった。一度でいいから心開いた笑顔を二男に見せれば、こんな不幸にはならなかったかもしれなかった。

今、浪子は二男を憎く思うようになっていた。この人と暮して来たことは、義兄の財産を書き変えるためだけ、後はお手伝いさんと同じだった。浪子を妻として心の底から優しく抱きしめてくれたことがあっただろうか？　優しさの仮面をつけてほほえむと、浪子を見捨てて女の許へ出かけた人だった。

浪子の夫として、今ここに寝ている男は何者なのだろうと浪子はいぶかしく思った。点滴をうけ、酸素マスクをかけている男の顔を浪子はじっと見つめていた。「あなたは浮気ばっかりして、私を女中代わりに使って」と浪子は声に出してつぶやいた。

実際には浪子が横取りしたのだが、浪子は二男が子供欲しさに、浮気をしたと思いこみ、二男とあの女を怨み憎み続けていた。

ポツンポツンと点滴の落ちる音を聞きながら、浪子はつぶやいていたが、だんだんいらだちがましてきた。

点滴の落ちる音が大きく鼓膜を打ち、部屋中に木霊《こだま》した。

「許しまへん。絶対に許しまへん」とお念佛を唱えるように浪子はくり返すと、いきなりその手は二男の口を覆《おお》っている酸素マスクを押さえ、もう一方の手は酸素の管を折りまげていた。

息苦しさに目を開けた二男の目と憎しみに青く燃える浪子の目が、「ガキッ」とぶつかり合った。浪子の目が刺すように光った。

初めて見る浪子の青く光る目に睨まれて、二男は驚愕《きょうがく》の表情を浮かべて息絶えた。浪子は興奮のあまり息づまり気を失なって、床にくずれ落ちた。


喪主として二男の葬儀を出すときの浪子は、体をカチカチにさせて、強ばった表情をして歩きかねていた。

浪子は自分のしたことを記憶していなかったので、いくら考えても何も思い出せなかった。「いつのまに死にはったんやろ」とおぼろげな記憶をたどろうとしたが、わからなかった。

「悲しいねんけど、涙出てけえしませんね」と言いわけしながら、涙一つ流さずにうろうろしていた。そして頭のなかでは、「これで一つ終りました。さあこれから忙しくなります」と考えていた。

「いつのまに死にはったんやろ」とは思っても、悪いことをしたと思ってない浪子には、しなければならないことがたくさんあった。いろいろな思いばかりが先走り、心は宙に浮いていた。

大きな遺産のことを考えると、愛のなくなった夫の死はどうでもよいことであった。「いつのまに死にはったんやろ」と気にはかかったが、二男の顔を思いうかべ、あの時の二男の目を思い出すだけで「私を馬鹿にして」と怒りで気がたかぶった。

驚いたような、人を馬鹿にしたような二男の目は浪子の記憶にあったが、自分のとった行動についてはいっさい記憶がなかった。

葬儀のあいだじゅう「あの子らにやるお金あらしません」ということと「あの女は絶対に葬儀に来させません。許しません」という思いだけが浪子の頭の中を占めていた。「みんな私のもんです。私が守って来たお金です」浪子は一人ぶつぶつ言いながら歩きまわっていた。

葬儀は、結局、長兄の子に世話をかけながら、浪子はお金を渡さずにすむ方法ばかりを考えていた。あの女が来ていないか、そのことばかりが気になって、人目もはばからずうろうろしていた。葬儀の進行も浪子の頭の上を通り越していた。

骨拾いに来ていても浪子の手足はカチカチになっていて、骨拾いの箸を持つことも出来ず介助をうけて行なっていた。

骨拾いの時、長兄の女の子は、伯父の足の骨を白いハンカチに包み込み、そっとポケットにしのばせた。

あの女は来ていた。浪子にみつからぬように建物の陰でひっそりと立っていた。そこへ、女の子はスーッと寄って行くと、日陰の身で終った女の手に白いハンカチを握らせた。

「伯父のお骨よ」と、その言葉が終らぬうちに女は嗚咽《おえつ》の声をあげ、片手で女の子を拝むようにすると、その場に泣きくずれた。

四十九日がすんでから、ひとりぼっちになった女は、この世では添いとげられなかった二男のお骨を入れて、自分と二人一緒の墓を建てた。結ばれぬ恋に終止符を打ち「あんさん」の側へ行く日を待つためである。お骨のことは、女の子の浪子に対する大きな復讐でもあった。

あれから何日経ったのか、浪子にはお葬式がどうなったのか、お墓にいつ行ったのか、何もかも霞がかかっていて遠くで人がうごめいているように感じられた。

葬儀やら挨拶などからやっと開放された浪子は、手を加えた二男の遺言書に、二男の実印を押し、弁護士をやとって、全財産を自分のものとした。

二男の死を悲しんだことは一度もなく、ただ「いつのまに死にはったんやろ」と不審な気持だけが残っていた。

浪子は笑いが止まらなかった。天を仰いでコロコロと笑った。真っ白な髪がゆれた。思いどおりに財産を手に入れた満足感が、浪子の手足のすみずみまで広がって行くのがわかった。

二男の死に誰も疑問をはさむ者はいなかった。浪子は開放感に満たされていた。

「にぎやかなことが好きな人やったから」と人前でもコロコロと笑い続けた。嫁いで初めて心を開いたような笑顔が浪子の表情に現れていた。

足の弱って来た浪子は葬儀の後々のことは、兄の子にすべてやらせた。二男のことは思い出したくもなかったし、めんどうなことはしたくもなかった。

しかし、ことお金に関することだけは、浪子の姪を連れて来ていろいろと手伝わせた。足だけでなく、もともと目の弱かった浪子は姪を目の代わりに使った。浪子の面倒《めんどう》を見てくれたら、お金を遺してあげるとも語りかけた。まるで目の前に人参をぶらさげて歩かせられる馬のように姪をこき使った。

子供も生まず、食べるに苦労せず、過激な労働もせず、今は夫や姑やあの女に対する気苦労もなくなり、浪子は健《すこ》やかであった。

髪こそ真っ白になったが、歯は全部そろっていた。ありあまるお金、年のわりには健康な体、浪子にとっては、またとない人生が来たかのようであった。

世の中こんなに楽しく生きがいのあるものとは知らなかった。浪子の考える生きがいとは他の人とはちがっていた。普通の人は仕事に芸術に商売に、そして親として生き、何かを成しとげる喜びを持って、生きがいと考える。

しかし、浪子はこう考える、人に仕えなくて、働かなくてもよくて、頭が痛くなくて、体がだるくなくて、好きなものが食べられて、お世辞を聞くことが出来て、何より自分のお金を抱えていられる。これほど楽しい毎日があるだろうか。お金を数えることで、心が充実して人を見下すことが出来る。浪子にとってはこの上ない喜びだった。

「貧乏人」この言葉を亡き義姉にたたきつけることが出来るのだ。これこそ最高の生きがいと考えた。

お金ほど人生を楽しく高めてくれるものはないと、あらためて思い、お金を守り通せた幸せに安堵した。

表面だけのつきあいにしても、回りの人や銀行さんは、金持ちの老女として浪子をたてまつり優遇してくれた。

もう人の顔色を見ることもなく、目が悪いために、はいつくばって働くこともなかった。嫌味を言われることもない。まして子を生まなかった苦しみを考えもせず責めて来る者もいない。

姪に小遣いを与えて身の回りの世話をさせて、生きたいように生きればいい。お金が私の老後を見てくれる。「お金こそ大切な子供だ」と浪子は心から思った。

姪は子供ではなく、昔、私がこき使われたように、下女のようにつかえばいい。浪子は普通の女の三分の一も働いていなかったが、浪子からみればこき使われたと思っていた。

私が死ねばお金がもらえて楽が出来るのだから、それまで私のために働けばいいと考えていた。

目は弱っていたが、頭は冴えていると浪子は信じていた。

浪子は孤独などなれていたし、それは今さらどうでもいいことだった。

浪子は銀行さんのお世辞が好きだった。若い時から心をくすぐる言葉が好きだった。今はそれがお金で買えた。人生最大の努力をしてお金を守ってきたから、手に入れられたものだった。

一人の銀行さんより、多くの銀行さんの方が、より多くの甘い言葉が聞けると浪子は考えた。預貯金獲得のために、銀行さんは必要以上に浪子を甘やかした。

浪子はお金で買える喜びに満足していた。しかし、知らず知らずのうちに浪子は、姑のときと同じく、時の流れについていけず、時代の波に乗り遅れていた。

パソコンだ、ビデオだ、ゲームだ、コンピューターに組み込んだのと、若い人たちの間に飛び交う話しを、わかったような顔をして聞いていても、全くわからなかった。

しかし、気の強いインテリを気どる浪子はわからないとは絶対に言わなかった。バブルがはじけた時代になっても、自分の経験で永いあいだそうして利息を得ていた記憶をたよりに、一生懸命考えた。銀行にお金をあずけてあれば安全で、預金はふえて行くと思っていた。

バブルがはじけて倒産が始まり、経済の大混乱期の話をするには、浪子の髪は白く、人生の終末を迎えかけていた。

誰も銀行が危ないとか、利息が下がって大変なことを、老齢の浪子にくわしく話し、教えてくれなかった。そんなことを考えなくても、豊かに暮せる浪子だったからである。

しかし、勘の強い浪子なりに時代の不穏さを感じ取り、何かにつけて用心深くなっていた。一生かかっても食いつぶせないお金を手に入れながら、浪子は一銭でもお金の減るのが心細く許せなかった。

小遣いを渡さなければ働かないと思っている姪をも信用していなかったが、万一のことがあっても災難を少なく出来るし、年寄りの一人暮らしは危険だと判断して、銀行の届出住所も姪のところにして浪子はお金を分散した。

何でもわかったような顔をして「ハイハイ」という浪子がすべて理解しているものと考

えて、銀行さんたちは当然のようにカードを作り、暗証番号を浪子の誕生日にして渡してくれた。しかし、預金通帳と印鑑だけはしっかり受け取ったものの、彼女にとってはカードは、昔、娘たちに交換することが流行った誕生カードぐらいにしか思わず、せっかくのカードもそんな風に誤解して「そんなんいりません」と姪に渡してしまった。浪子にとってはカードなんかより、むしろ銀行さんのくれる手土産の九谷焼の湯飲やゴブランの壁掛けなどのほうが嬉しかったのである。

浪子は全財産を姪に渡したことに気がつかなかった。

姪は言葉が出なかった。銀行さんたちの手前、浪子の保護者のような顔をして「わかりました。お預かり致します」と言ったが、どうしたものか判断がつかなかった。突然おとずれた幸運（？）に姪はとまどいながら、わたされた七枚のカードを受けとった。

カードの住所は姪の住所になっていた。浪子は通帳と印鑑を古い皮カバンにしまうと「これは手離せません。守り通さないと大変なことになります」と言って、それをいとしそうに、しっかりと抱きしめた。

足も弱り目も弱って来た浪子だが、声だけは張りのある声で、姪のところへ電話をかけては、幸せな気持ちを語り、話の合い間にコロコロと笑った。

世間は浪子を中心に回っていた。姪も浪子にさからわず、「ハイハイ」と言って従っていた。浪子は本当に幸せだった。

——さて、少し昔話をいたしましょう。

日本が第二次世界大戦に負けた時に、世の中は物が無くなり、食べ物が取り合いになった時代がありました。

悪い人たちは、スイカ畠へ入り、先を鋭がらせた細い竹の棒で、スイカをつついて甘い汁を飲みました。

そして何ごともなかったかのように、スイカに出来た穴をくるりと回して下へ向けておくのでした。

畠を作った人は、スイカがたくさん出来たと喜んでいると、いつのまにかその部分がカスカスになったり、腐ってしなびたりして、食べられなくなっているのでした。それは、すぐには犯罪がわからない巧妙な方法でした。

つまり、姪はその方法を採ったのでした――

かつての浪子が姑や二男につくしたように、姪は一生懸命に浪子の世話をし信頼を得て、浪子に服従していると信じさせ。片方でカードを使ってお金を少しずつ落して行った。

たとえそのことがわかっても、浪子がどうして手に入れたお金なのかを理解している姪は、絶対に表沙汰にならないことを読みとっていたのだった。

姪にとって、あらためてまとまったものを得られなくても、普通よりちょっと良い生活が出来る金額、それで充分であったのだ。子供たちの学費を払い、子供たちの家のローンも払いおえた。

しかし、それはまとめれば、とても大きな金額になった。

うまいことをするのが好きな一族は、最後までうまいことをした。あとは浪子に気づかれぬように、静かに浪子の死を待てばいいのだった。

月日の流れも時のきざみも感じられなくなった浪子は、姪に世話されながら、心はお金を守りぬいた幸せな時で止まっていた。いや、心は時を逆行していたのかもしれない。

浪子は一日中、椅子に座って、皮のカバンを抱きしめ遠くをみつめていた。

あんなに憎んだはずなのに、語りかける人はいつも二男だった。二男の笑顔や笑い声が恋しく「あなた、あなた」と二男に語りかける声は姪にも聞こえることがあった。楽しかった時を心はなぞっていた。

浪子は動けなくなった始めのうちは、おすしを買って来いとか、うなぎを買って来てとかわがままを言っていたのが、この頃は何を食べてもおいしいとは感じなくなってしまった。「きょうびの人は料理が下手でんな」と浪子は姪に文句を言った。

姪は考えて浪子に甘いおしるこを食べさせた。「おいしおます」と浪子は喜んだ。舌も老化して甘味の強いもののみ感じるようになっていた。目も本当に見えにくくなったのだろう。姪と子供たちを取りちがえるようになった。

それでも浪子は皮のカバンを手離さなかった。姪が入浴の世話をしているときも、見えるところにカバンを置かせた。

入浴が終るなりカバンを抱き寄せて安堵した表情をみせた。

浪子はいとしそうにカバンをなでて、中の印鑑の数をかぞえ、満足そうに笑った。

姪はそんな浪子を不思議そうに眺めた。浪子をみていると姪のしたことが嘘で、まだまだカバンの中にお金があふれているように思われて来るのだった。

今、浪子に必要なのは姪の看護の手だけであった。それなのに浪子は姪の手のぬくもりを信じようとしなかった。

姪はもうお金をもらってしまったのだけれど、浪子の哀れで優雅な？一生を見捨てずに、身内の情で最後まで面倒をみる気でいた。

しかし浪子は、お金で釣っているあいだは、姪は自分の世話をしてくれると信じこみ、皮のカバンを手離せないのであった。

いつものように「あなたいつのまに死にはったんやろ、私にだまったまま」と二男に話しかけたが、二男は横を向いて笑っている。誰も浪子のことを見てくれなかった。

この世で犯した罪の償いをしていない浪子には、死出の道は開かれていなかった。自分の両手が犯した罪を浪子は気づけなかった。

お金を守り通せた喜びのみにひたっている浪子には、後悔もざんげの心も知り得なかった。それより「よくやった。お金を守りぬいた」と自分をほめていたくらいだった。

浪子は自分の死を、死そのものを考えようとする力を持ちあわせていなかった。二男を裏切った浪子には二男と同じ墓、即ち天国に至る道が塞がれているのに気づかなかった。三途の川を渡るのに十六文より重いお金では舟が沈むことも知らなかった。

生と死の境に流浪しながら、お金と二男のこと以外は考えられなかった。浪子の人生は、そんな索漠《さくばく》とした実りのないものだったのかも知れなかった。

愛する者の死に慟哭《どうこく》する心の充実感と、この世の物欲を否定する凝縮する愛の深さに、浪子はふれ得なかった。

今日も浪子は安楽椅子に座ったまま、一日を過ごしていた。しっかりと皮カバンを抱きしめて空を見上げ「あなた、あなた」と呼びかけていた。

静かな夕暮れ時だった。二男と浪子は赤子を抱いて散歩していた。「あなた、やっとややが生まれました」と浪子は答えぬ二男にくり返し語りかけた。舅や姑にも「わたしのややです」と浪子は見せに行った。

義姉がしてきたように、赤子をゆすり上げ義兄や義姉にも見てもらおうとした。みんな嬉しそうに笑っているのに、浪子の方も赤ん坊も見ようともしない。

二男も、いつのまにかあの女と手をつないで笑っている。浪子は自分のことがわからないのかも知れないと必死になって呼びかけた。

「男の子です。ややを見て」

「私は後継ぎ生みました。この子みて」

「私の坊です。私のややです」

呼びかけても答えてくれぬ人たち。

「私の方を見て、ややがいるのよ」と、歩いても歩いても、叫びつづけても、どうしてもそばにたどりつくことが出来ない。

叫びくたびれた浪子は、いとしそうに赤子を揺すり、頬ずりをした。そして細いかすかな声で、子守歌を口ずさみ出した。

どんぶらこっこ　ぎっこっこ
どんぶらこっこ　ぎっこっこ
銀の月夜の波の上、

赤いお舟はどこへゆく
可愛いい坊やの　夢の国
どんぶらこっこ　ぎっこっこ
どんぶらこっこ　ぎっこっこ
銀の月夜の　波の上

それは、義姉が赤子を子守りしながら口ずさんでいた歌、浪子が歯ぎしりをしながら、赤子を子守る義姉をののしりつつ聞き憶えた歌だった。

そしてこれは、義姉が亡き夫をしのびつつ、逆境を怨み目に涙しながら、作詞作曲した歌であった。哀れな浪子は今それを口ずさんで赤子をあやしていた。

浪子は赤子に頬ずりしながら、大きな息を吐き出した。

その手はしっかりとカバンを抱きしめていた。


（おわり）

青《あお》い目《め》の狼《おおかみ》

地恵の「卵」は、思いっきり足をふんばって
お腹の中であばれまわった。
生きていることを知らせないと、大変なこと
になる。地恵はお腹の中で「うーん」とのび
をした。

風水害で屋根まで水につかった家の後片づけをしていた十紀子は、すっかり冷え込んでしまい、お腹の調子が変になった。

腹の子は、もう駄目だと医者は言う。十紀子は気落ちして寝込んでしまった。

始めての子なのに、大変なことをしてしまった。肉親に縁の薄い十紀子、赤子が生れるのを心待ちにしていた。両親を早く亡くし、人の情の冷たさを、身を持って憶えている十紀子は、我が子だけは親の情をいっぱいかけて、幸せにしてやりたいと夢を見ていた。母親になる幸せを心待ちしていた。

「痛っ」お腹を中から思いっ切り蹴り上げられて、十紀子は胸がつまった。

生きている、生きていると手を合わせたが、誰にお礼を言っていいのかわからなかった。

このようにして地恵は生れた。しかし、この事故で地恵の片足は曲っていて、歩くのに少し不自由であったし、すぐに転ぶ子であった。

お腹の中から頑張り屋さんだった地恵は、この世でも負けず嫌いで、頑張り屋さんであった。そして弟が生れるまでは、地恵の天下だった。

「地恵、いい顔は?」と言われると、鼻の上に皺を寄せて「イー」と言って、「これは大きくなっても、持参金つきで嫁入りだな」と両親を笑わせていた。

弟が生れたのを期に人生は一変してしまった。地恵は弟の顔を見ては「イー」と鼻に皺を寄せて怒った。母のあたたかい胸を弟が取ってしまった。地恵にとって、人生一番はじめの敵は弟の健であった。

地恵は父に抱かれながら泣いた。「そんなに母親が恋しいものなのかな」と父もあきれていた。

地恵は本能的に覚っていた。二度と母に抱いてもらえないのだと。

そして父の死をも予感していた地恵は、父にも抱いていてもらえなくなることを覚り、人が驚くほどに、父の胸でぐずるのだった。

一方、祖父は、体は弱いが長男である地恵の父に家督を継がせるのが当たり前だと考えていた。また、祖母の方は、いつ死ぬか解からない長男よりも、健康で大きな体をした二男を可愛がり、家の後継ぎは次男にと期待し、入学教育まで受けさせた。

長男は専門学校を出て技師になったので、それはそれで祖母の自慢の子であったが、体が弱く、気むつかしいのが気に入らなかった。次男は健康で、笑顔で母に接してくれたので、この子に家督を取らせて老後を見て欲しいと願っていた。

長男の嫁も美形であったが、それにも優る美人をと探し出した可愛いい嫁を次男にめとらせた。それなのに長男のところに孫が生まれ、次男のところに孫が生れないのが気に入らなかった。

祖母を一層くるしめたのは連合《つれあい》の死だった。祖母の考えでは、体の弱い長男が早く死んで、嫁を実家へ帰して、次男と嫁と生れて来るであろう孫と、楽しく優雅に暮せるはずであった。

誤算の第一歩は、長男に地恵が生れたこと、それに加えて祖母に似た鼻ペチャなのが、気に入らない。

「子はいりまへんと言いましたやろ」と嫁に八つあたりをしていた。

次男の子なら人形のような子が生れるのに、と期待したが、その気配はない。

祖母はつれあいの死で気落ちしているところへ、長男にまた男の子が生まれた。

「子はいらんと言いましたやろ、またいらん子生んで」と長兄の嫁に八つあたりをして泣かせていた。

「気にいりまへん」と長兄やその嫁、孫たちに八つあたりしても、祖母は次男に甘かった。

「頼むから男の子生んで」と次男の嫁に手を合わせ、いとしそうに次男の背を撫でている。

そんな風だから、祖母と長兄はますます仲が悪くなった。

祖母は地恵の顔を見ると「あまえたの、しょうがいたれ」と睨むのだが、地恵が鼻の頭に皺を寄せて「イー」と言うと思わず笑いそうになり逃げて行くのだった。

そして、祖母の計算どおり長兄が逝った。しかし二人の子を置いて逝ったのは計算ちがいであった。次男に財産を継がせようと思っても男の孫が邪魔になった。

そしてもう一つ、心の計算ちがいが祖母をあわてさせた。つれあいと長男を失くした心の空洞は思いのほか大きかった。

孫を抱けば癒されるのだが、長男の嫁は子を抱いておびえていた。それがまた、祖母の気に入らなかった。

財産を取り上げるためと心の空洞を埋めるために祖母は全勢力をそそいで嫁や孫に八つあたりした。「いらん子は死ね」と。

そして長兄の嫁は男の子を抱きしめて、顔がはれ上るほど、毎日毎日泣き暮し、数年が経った。

地恵はある日夢を見た。

階段にいる母の十紀子を誰かの手が後から押した。階段をころがり落ちた十紀子の顔は半分に割れて、半分がころころと、ころがっていった。

「半分になった」十紀子はそう言うと落ちた顔の半分を両手で拾って胸にかかえた。

半分しかない母の顔を見て地恵は「ワッ」と泣いた。地恵の泣き声に気がついた十紀子は半分の顔をポンともとにつけて「泣かなくてもいいよ」と言った。

この夢を地恵は一生忘れることが出来なかった。

十紀子はいじめに来る姑に似た地恵を抱こうとしなかった。いじめられる長男の健をしっかりと抱きしめていたので、地恵の座る場所がなかったことも、理由の一つだった。

夫の死後、十紀子には姑のいじめに加えて、次男の嫁がいじめに加わっていた。始めは二人とも次男に全財産を継がせたい一心からであった。

しかし、法的には健が生きているかぎり、伯父である次男は不利であった。実際には十紀子を威してお金を取り上げてはいたが、法的には長男の子を養育する後見人であった。

姑は「気に入りまへん、いらん子は死ね！」と、そして次男の嫁は自分が「うまずめ」であることがわかってからは、地恵たちに対して深く陰険な、十紀子だけが子を生んだことに対する怨みと嫉妬のこもったいじめを展開していった。

地恵は祖母の「厄介者！」と怒鳴る声はそんなに恐くなかった。母の十紀子や弟の健に対する怒声と少しちがっていた。地恵には持参金をつけて嫁に出してしまえばそれでよかった。しかし弟の健は次男の敵であった。十紀子と健は抱き合ったまま、一日中ふるえて暮らしていた。

祖母や次男の嫁いじめが始まると、十紀子は健を抱きしめて、地恵を二人の前に突き出した。

地恵は祖母たちの回りをまわったり、手を叩いたり踊ったりして見せた。本当は地恵の背中もブルブル振るえていた。特に伯母の青く光る目が恐ろしかった。

狼がえものをねらうように、上眼づかいにじっと地恵をねめつける青く燃える目が怖かった。そんな時は、地恵はたいてい尿をもらしていた。

けれども地恵は決して目を離さなかった。横を向けば、狼に食べられると地恵は思った。いじめの二人が帰り、母の側へすり寄っても、十紀子は地恵を抱いてくれず「あっちへ行きなさい」と泣くばかりで、幼い健まで「ちえ、あっちけ」と言う。

そんな夜は、地恵は必ず夜尿をした。青く燃える目におびえながら夜尿をした。夢の中でも地恵は決して青い目から、自分の目をそらさなかった。

夜尿をして開放された地恵は浅い眠りに入って行った。学齢にも満たない地恵の、たった一つの抗議であった。

ある年に高熱病が流行し、十紀子も四十度に余る熱を出して、寝込んでしまった。健は母が抱いてくれないので仕方なく地恵の後をついて歩いた。地恵は嬉しかった。健の手を引いて歩き、銭湯へも連れて行った。母の真似をして健の頭を洗ってやろうとしたが、幼い地恵には無理だった。石鹸のついた健は、つるりつるりとすべってしまう。隣に居たおばさんが笑いながら健の頭を洗ってくれた。

地恵は母の頭を冷すのに氷がいるというので、身のたけほどあるバケツを持って氷を買いに行った。一貫匁の氷を入れると地恵には持てなかった。アスファルトの道をごりごりと引きずって歩いた。夕日が涙のにじんだ地恵の目にまぶしかった。

白いエプロンをかけたおばさんが泣きながら走って来てバケツを持ってくれた。家まで来ると地恵は「ばあちゃん怒るから、一人でする」と言った。おばさんは泣きながら「むごい、むごい」と言って帰って行った。

健が「おなかへった」と初めて姉である地恵に甘えた。地恵は張り切った。「地恵がご飯作るから、そこで待ってるの」と健の頭をなでた。

地恵はお姉さんだからと自分に言い聞かせて、ふみ台を持ち出して釜をおろした。お米をザーと入れて、ふみ台を流し台の前に持って行って、釜を持ち上げて流し台に置き水を入れた。洗わないお米がぷかぷかしていた。

しかし、どうやっても水を入れたお釜は持てなかった。また、水を捨てるとお米は半分になった。

お釜をガスカマドの上まで押し上げ、またふみ台を持って行って、カマドにきちんとのせた。やかんに水を入れて運びお釜をいっぱいにした。

ガス栓を開けてマッチをすった。なかなかつかなかったので時間が過ぎた。火を近づけると「ドーン」といって火が消えた。健が泣き出した。「大丈夫お姉ちゃんだから」と涙をぬぐった地恵の頭はチリチリになっていた。

再びつけるとこんどはうまくいった。「ご飯できるからね」と地恵は健に言って、遊びに行った。

帰ってくると健が待っていた。そこらあたり重湯がふきこぼれて、お粥が出来ていた。ガスが止まっているので地恵は不思議に思った。

お茶碗にお粥を入れて地恵は母のところへ持って行った。お粥が三つに梅干し三つ。これが地恵がひとりで学齢前の初めて作った料理だった。

母の十紀子は少し落ちつきを取りもどしていた。それは次男のところに子供が生まれないということがわかったからであった。

子育てに専念するゆとりが生れて来た。手先が器用な十紀子は毛糸をあやつって健と地恵の服を編み上げた。

地恵の服はローズ色のワンピースにグレイの丸いヨークが付いていた。薄みどりのオーバーも編んでくれた。まるで薔薇の花のようだった。

健のがまた素敵だった。グレーの身頃に紺のズボン、それに紺のセーラー衿がついていた。前髪をたらした健は本当に可愛らしかった。近所の評判になって、十紀子は頼まれた編物に忙しかった。

十紀子は気鬱から開放されて頑張り出した。そのことが次男の嫁を刺激しているとは、十紀子には考えもしないことであった。

次男の嫁は「うまずめ」であることを悩み、厳しい姑から追い出されないかと気使って、家庭では平身低頭して、家族につくしていた。その反動が地恵たち三人に何倍にも跳ね返って来るのだった。

十紀子は事情を知ってから、柳に風と受け流すようにしていたが、健は青い炎の目に睨まれるとおびえた。物陰から青い目が燃えているのに気づくと、地恵も尿をもらした。それでも地恵は目をそらさなかった。

地恵の七歳入学のとき、姑と十紀子はまた激突した。泣いて腫れあがった顔の十紀子は外へ出られなかった。

地恵は国民学校と書かれた門の前で母を待った。黒い羽織を着た母親に手を引かれて子供たちは三々五々やってきた。

もう誰も来なくなっても母は来なかった。地恵は名前の書いた胸の白いハンカチをパタパタ叩きながら、さっきのことを思い出していた。

祖母の怒鳴る声と、伯母の青く燃える目を思い出していた。十紀子はめずらしく健を地恵の方へ押しやって、畳に手をついて泣いていた。

地恵は箪笥と箪笥の間に健を押しこみ、その前に立って玩具の刀をかまえて健をかばっていた。

健の足はブルブルとふるえ、地恵の背中を両手でつかみ「ウーウッ」と言っていた。健もやっぱり青い目が怖いのだと地恵は悟った。母を横取りした健だと思っていたのが、本当は母も健も怖いのだと考えると地恵は、健が可哀そうでたまらなくなった。

「お姉ちゃんだから、健を守ったげる。この刀で皆斬ってやる」と言うと、健は背中でこっくりとうなずいた。

地恵は銀紙のはげた刀を見ながら、大人になったら兵隊さんの刀を買おうと思った。お母さんの顔が半分になったら困るから、守ってあげる。ふるえている健が可哀そうだからお母さんを一人占めしても、健を守ってあげる。地恵はそう決心しながら、校門の前で目にあふれる涙をこぼすまいと歯をくいしばっていた。

この日から地恵は変わった。

十紀子の教え方も上手であったが、地恵は組で一番になった。それにもまして十紀子を喜ばせたのは健のことだった。地恵が勉強するのを横から聞いて、健の方が、地恵より先に憶えてしまうのだった。

「健、賢いね」と地恵が言うと健はニッと笑った。健の初めての笑顔だった。

十紀子は、世の母親と同じ親馬鹿ぶりを発揮して「末は博士か大臣か」と健の将来に希望を見出して、生きる張りが出て来た。また、地恵や健が賢いと噂が立つと祖母は心ひそかに喜んだ。

うまずめの伯母には胸がしめつけられるほどこたえる話だった。早く死んでくれたらと願っているのに、厄介者のくせに出来が良いとはもってのほかだと思った。

十紀子に対する嫉妬心は狂ほしいまでになっていた。私に子があったら、うまいことといきましたのに、いらんところにいらん子出来てと逆怨みが激しくなっていった。

こんな生活の中でも、このままいけば、十紀子たちも、なんとか耐えつつも順調に生きて行けたかも知れなかった。しかし第二次世界大戦が始まってしまった。

子供と子供は目が合えば友達になれる。地恵と金さんもそうだった。だが金さんの父親は「日本人子供だめ」と遊ばせてくれなかった。日本人だのK国人だの鬼畜米英だのと、世の中は変になっていった。地恵にはさっぱり解らないことだった。

それより食べ物がなくなってきたのが困った。御飯がなくなって皆がひもじくなった。そんな時にうどんの配給があった。地恵は悪い足を引きづりながら走って、うどんの配給券を二枚手に入れた。

十紀子は皆が一ぱいずつ食べ終ると、当然のように地恵の券を取りあげて、健に食べさせた。うどんと言っても丼に五～六本のうどんが泳いでいるくらいだから、幼い健でも充分二はい食べられる量であった。地恵のお腹はグーとなったが、黙ってがまんをした。健に母親を取られて、いたずらをしてまわった昔の地恵ではなかった。

地恵は年の割には大人になって、じっと人の顔を見るようになった。じろじろ人の顔見て、けったいな子やと言われたりしたが、大人の言葉を理解出来ない地恵にとって、目を見て相手を理解するしか手だてはなかった。

青い目の人はいないか、刺すような目の人はいないか、地恵はそれを見きわめてからでないと口を開かなかった。そして、地恵に敵意を持っている人には、じっと見返すのだった。

地恵はよく夢をみた、同じ夢をくり返し見た。頭が半分に割れた母の前で、青い目の狼が健を追い回していた。母は半分の顔で泣いている。健は一生懸命逃げながら、だんだん小さくなってくる。「早く健を助けて」と地恵は動こうとするが、動けなくて尿をもらすと安心して眠った。

青い目の狼を憎む心が、地恵の頭の中で育ち出した。何故憎むのか、どうすれば憎めるのか、幼い地恵にはわからなかった。しかし心の中でむらむらとしたものが、生れ育ち始めた。青い目の狼は敵だと、ぼんやりわかった。

国民学校へ行けば、「欲しがりません勝つまでは」の心を持ちなさい、幼い子供とて、銃後を守り、鬼畜米英と戦いなさいと教えられた。地恵はきっと青い目の狼のことだと思って身がきゅっとひきしまった。

しかし戦争がきびしくなると、みな自分を守ることで、せい一ぱいとなる。

他の人たちは紺絣の着物をほどいて、モンペと防空頭巾を作った。十紀子は綿の着物がなかったので、セルの着物で地恵や健の防空頭巾やモンペを作ってくれた。帯をほどいて、帯芯でリュックサックを作ってくれた。

道のあちら、こちらに防空壕が作られた。

Ｏ市に空襲が始まり、街に真紅の炎がおどった。防空壕から出てきた十紀子は手を半分前に出し、片方の手で健の手を引いて踊っていた。

「早く逃げるの、早く走るの」と言いながら、ぐれんの炎の前で踊っていた。

「お母ちゃん早く」と言いながら地恵も膝もガクガクさせて踊っていた。

街中の人が踊っていた。地恵たちは暗い方へ、暗い方へと動いていた。これが見なれない、聞きなれない空襲だった。初めての経験だった。そして夜が明けた。

大きな道路を境に、向う側は何も無かった。きな臭い変な匂いと、もやもやした空気、この火は竹の先にわら縄を結びつけた火たたきで消すことが出来る火事ではなかった。防火用水も、防空壕も役に立たなかった。ただひたすら逃げること、これがこの時の教訓だった。

地恵の向いの家のところまで火がせまり、焼野原で境の家も半分焼けていた。地恵の隣家の便所の上に、丸い穴が開いていた。そして下を見ると便壺《つぼ》の中に黒い棒が突きささっていた。地恵が初めて見る不発の焼夷弾であった。

かろうじて家は残ったが、町は焼けていて、交通もなく、店もなかった。食べ物もなく、地恵たちは罹災証明をもらってT市に疎開した。

田舎だと思ったT市は大きな街だった。街はずれには大きな軍需工場があった。

十紀子には、もう泣いている暇はなかった。健を地恵にあずけて、軍需工場で働いた。

毎夜空襲警報が鳴り、その度に一時間も二時間も夜中に走って逃げた。

二〜三ケ月もすると、疲れでくたくたになって、皆、昼も夜も着たままで、うつらうつらしていた。

「こりゃ本物だ」こんな声とともに、空いっぱいにグオーウォンという音が響きだした。

十紀子は健の手を引いて、布団をかぶり、地恵について来るように言うと、町はずれ目ざして走り出した。今度は三人ともうまく走れた。

後の方で火の手が上り出した。男の人達は「火を消せィ」「街を守れェ」と叫んでいた。

一人の男が十紀子の布団を引っぱり「逃げるな!火を消せェ」とわめいた。

「火たたきで火が消せるか!」と十紀子は布団を拾い、健の手を引き、地恵を布団の下に引き入れるとまた走り出した。

口をひきしめて、健を抱え込むようにして走っている、こんなたくましい十紀子を見るのははじめてであった。地恵は、はぐれまいと十紀子の後を必死で追った。

何百機と来る飛行機の爆音と、爆弾と焼夷弾。爆風と火の手に追われて逃げて、逃げて、逃げて…。そんな人、人、人で道は一ぱいになり、火の粉が雨のように降りそそいだ。

道路は昼のように明るくなり、人々の顔がはっきり見えた。呆けたように口を開けて、やっとの思いで走っていた。人家がまばらになり、地恵たちは田んぼの中に逃げ込んだ。

そのまばらな家や田んぼの中まで焼夷弾はふりそそいだ。その度に十紀子は田んぼの中へ伏せ込んだ。

地恵は一人空を仰いで見ていた。

「ググーンという音とともに三角に編隊を組んだ飛行機がやって来て、そのお腹がパクッと割れると大きな固まりがドドドと出て来る。その一つ一つが火花を散らすとパッと広がって、いくつもいくつもの焼夷弾になり、ヒュル、ヒュルヒュルと地恵たちの上に落ちてくる。

落ちた所からまた火が出ていた。つい数メートル先の田んぼの中に、黒い棒が落ちて来て、田んぼに突きささった。こんどは火が出なかった。

「お母ちゃん、そこに焼夷弾落ちたよ。」と言うか言わないうちだった。地恵は布団の下に引きずり込まれた。二度目に見た不発焼夷弾だった。

やっと空襲が小止みになった。

地恵たちは小川に首までつかって、火の手をさけた。ひとくぎり空襲が止むと、地恵たちは小川のふちに腰を降ろした。気がつくと小川のふちには、人がいっぱい座っていた。街は真赤に燃えていた。そこへまた、二〜三機飛行機が来て、焼夷弾を落して行った。

その一つが目の前に見える一軒家に落ちた。夏なので、窓が開けてあり、蚊帳《かや》が吊ってあった。その蚊帳に火がつき、障子や襖《ふすま》に燃えうつり、天井に回った火が龍の舌のように、窓からペロペロと炎を吹き上げ出した。やがて家中に火が回り、屋根や柱がくずれ落ちた。その家が燃えるつきるまで、まるで能舞台をみるように、小川に座った人達は眺めていた。

火の手が少しずつおさまり、空が暗さを取りもどし始めた頃、もう一つのショーがはじまった。

それは、空襲の状態を確認する偵察機だった。どこからともなく爆音が響いてきて、それを捉えようと、何本かのサーチライトが空を照らしはじめた。

「あっ！」見ていた地恵は思わず声をあげた。サーチライトの光が交わるところに飛行機がとらえられている。

そのうちポコンポコンと高射砲の音がしはじめ、なかの一発が命中したのだろう。飛行機が火を噴きはじめた。すると、見ていた大勢の人から「ウワアー」と歓声の声が上がった。まだこんなにたくさんの人が生きていたのだ。火に追いかけられ、この世も終りかと思った地恵には一寸した感激だった。

飛行機には、当時は〝鬼畜〟と呼ばれたアメリカの兵士が乗っているはずだった。おそらく必死の形相で操縦桿を握っているのだろう。いや、落下傘でとび降りようとしているのかもしれない。うす暗い空からサーチライトが消えると、火を噴いて高度を落とした機の中に、片手を上げて火を避けている白人兵の姿が浮き上って見える。人々はその様を声もなくみつめていた。

前の家が焼夷弾で焼け落ちた時よりも、もっと深い静寂があたりにこめられていた。それはたとえ相手が鬼のような米兵でも、いま命をおとすかもしれない姿を想像すると、同じ人間同士として、ののしることなどとても出来ないことだった。

地恵は飛行機が見えなくなるまでの、このときの静寂を大人になっても忘れることが出来なかった。


夜明けとともに人々は動き出した。離れた親兄弟や知人を求め、我が家を求めて、そして食べ物を求めて右往左往していた。

畦道に寝ている青い顔をした女の人（死んだ人）や、真っ黒になった棒きれみたいな変な人（焼死した人）やらをまたいで歩いた。田んぼの中には、ふくれ上った牛が、真っ黒になって座っていた。

あれが、あのときの焼夷弾がもし火を吹いていたら、地恵たちも、焼死して黒い棒切れになっていたのかもしれないなどと考えながら歩いていた。大人の人たちが、近くに落ちただけでも油にあおられて焼け死ぬんだと話していたから、きっとそうなると地恵は思った。

意外なのは、健が泣かずに黒い棒きれをまたいでいたことだ。まるで馬糞をまたぐようにしていた。お城の堀には、ねずみ色にふくらんだ物（水死した人）がいっぱい浮いていた。火に追われた人が飛び込んだのだと言っていた。

地恵ものぞいたが、人間には見えなかった。防空壕からは、真っ黒な棒きれをたくさん掘り起こしていた。走って逃げた地恵たちは正しかった。爆弾の時は隠れていても、火に追われると、逃げるしかなかった。

家は焼けていた。地恵たちは十紀子が働いていた軍需工場の、焼け残った寮に収容された。

十紀子は仕事の都合で職場が変わると、健を連れて行って働いていた。気がつくと地恵は大きな工場の中で一人ぼっちだった。知らない街で捨てられたと思い、地恵の足で三十分から一時間もかかる工場の中をあちこち捜し回った。

地恵が泣きながら走っていると向こうからねずみ色の人の列が来た。それは捕虜になったアメリカ兵らしい一団だった。憲兵が銃をつきつけて歩かせていた。地恵が泣いているので、皆こちらを向いている。涙にくもった地恵の目に映ったねずみ色のその目は青く燃えていなかった。角もないし、牙もないし、地恵は泣くのを忘れていた。

そして日本は第二次世界大戦の戦争に負けた。

敗戦と同時に、軍需工場は閉鎖され、十紀子たちはあと片づけを終ると仕事が無くなった。

工場の横にはK国人といわれる人たちの家がたくさんあった。地恵はA子ちゃんと仲良しになった。

A子ちゃんのお父さんは「ここ、日本人子供あぶない」と地恵の目をのぞきこむように話してくれた。お父さんの目は柔らかく、優しく地恵のことを心配してくれた。

言葉の解からないおばさんは地恵の頭を優しくなでてくれた。地恵のことを心配して、こんなに優しくしてくれるのは初めてであった。母でさえ、地恵のことを厳しく育てていたのだから。

地恵はここでもK国というところに住む地球人に出逢っていた。

地恵がもう一つ驚いたことがあった。それは、あの捕虜と呼ばれていた人たちに向けられていた憲兵の剣付き鉄砲がこんどは地恵たちの方に向けられていることだった。

そして、ねずみ色した捕虜の人たちに色がついて来たことだった。髪の毛は黄色くなり、白い膚に、きらきら光る青い目をしていた。服もカーキ色の軍服を着ていた。こんどは憲兵が薄よごれてねずみ色になって見えた。戦争に負けるということは、くるっと裏返ることだと地恵は思った。

毎日のようにアメリカの飛行機がやって来て、物資といわれる物を落として行った。牛などは丸のまま落下傘をつけて、落としてきた。

捕虜の、ひょろひょろとしていた人たちはがっしりとしてきて、その髪や膚は艶が出て、体がのびたようにみえた。

防火用水になっていたプールに水を入れかえていた。きれいになるのを待てずに、皆泳ぎ出した。水草を取りながら泳いでいる金髪の頭は、水の中に金のボールが回っているようだった。地恵やK国人の子供たちはプールのまわりに腹ばって見ていた。

地恵たちが〝アメリカ〟と大声で言うと、〝カナダ〟と手を上げて飛び込んで行く金髪もいた。しばらく「アメリカ」と「カナダ」の声が交互にとびかった。

ふと下を見るとプールの角にあの焼夷弾がゆらいでいた。三度目に見る不発焼夷弾だった。地恵が手まねで教えると、その人は大声で怒鳴り、泳いでいる人たちはプールから飛び出した。地恵がびっくりするほど素早やかった。

この人たちが、あのねずみ色で、ひょろひょろ歩いていた人と、同じ人たちとは思えなかった。プールの回りに立った白い裸の人たちは、日本人より大きく、がっしりしていた。

地恵はわけがわからずに首をふっていた。

そして、その数日後、地恵が二度と見る事が出来ない悲劇と、あの白い人たちの演じる素晴らしい軍葬行進（?）を目撃したのであった。

その日は物資を落としたあと、何度も何度も飛行機は旋回した。白い人たちは喜んで手を振っていた。飛行機の人たちも、ニコニコ笑って手を振っている。

轟音で耳がやぶれそうなのに、上の人も下の人も笑っている。

もう手がとどく！　とどく！

あっ！

屋根にさわる！

ゴゴーン！

落ちた！

蜂の巣をつついたような騒ぎというのだろうか。もう、人が走る。わめく。また走る。怒鳴る。地恵にはわからない声が渦巻いた。

やがてそこは立入禁止になった。

次に地恵が見たのは、みごとな隊列であった。帽子をかぶり、美しい軍服を着た人たちが、並んで口を真一文字に結んで歩いていた。

地恵は白い人たちの変身ぶりに驚いて、胸がつぶれそうになった。

地恵の回りから音が消えていた。地恵は目を見はったまま、ただ見ていた。大きな足がそろって歩くのを。

四角く長い箱に美しい布が掛けられ、大勢の人が、かついでいるのを。

それが二つ。三つ？

地恵は見た。青い目に涙が光り流れるのを。青い目が泣いた。この人たちは鬼畜米英じゃない。人間だと地恵は心の底から思った。


市に戻った地恵たちは貧しかった。しかし命がけで戦火をくぐって来た地恵には、貧しい生活はあまり苦にならなかった。戦火をくぐったことで、親子のきづなを知った地恵も健も、たくましくなっていたし、十紀子も泣かずに働いていた。

戦争を知らない友達に追いつくのに、地恵も健も勉強が大変だった。二年も三年も勉強しなかったのだから、わからないことがいっぱいあった。

また、世の中が平和になったというけれど、この家では健と地恵は厄介者で、心の平和はもたらされなかった。空襲で死ねばよかったと思われている子だった。本当に死んでくれたらよかったと。

世の中でも、家の中でも「いらん子、死んだらええ子」にならないために、一生懸命に頑張った。健も地恵も十紀子も頑張って、笑顔のある家庭を作ろうと努力した。

小学校の時も、中学校の時も、伯父からお金は出なかった。出しますすという事だけで、実際は舌の先も出さなかった。

十紀子の働きのみで健と地恵は育てられた。地恵は高校を受験した。千人の学生がいるマンモス校だったが、地恵は見劣りのしない、いい成績を取ったと思っていた。

その頃、高等学校に制服を着用するきまりが出来た。入学費用が、伯父から出るはずであったが、地恵は不安にかられて伯父からお金が出たのか、母に聞けなかった。

制服制度が出来て間がないので、制服着用は一ヶ月間自由と猶予され、私服登校の許可が出た。一ヶ月たって登校すると生徒たちはみな制服になり、手縫いのカバンに私服姿は地恵だけになった。地恵は服が欲しかったが、母に言い出せずに、じっと我慢した。自分が耐えればいいと地恵の幼い部分、世間知らずの部分はそう思った。

その日はむし暑い日だった。校庭の朝礼のマイクは調子が悪く、校長先生の声がとぎれとぎれだった。すると、マイクが一段と大きくなり「コリャア、そこの水色の服を着た子、おまえだ」と怒声がひびいた。

校長先生の声は地恵のまわりを、くるくるっと吹きぬけ、人が遠のいた。地恵は息がつまり、体がぎゅうと絞られるのがわかった。

ぐんぐん登る。高く高く昇る。下方には緑の木に囲まれた茶色の校庭が見え、千人の生徒が黒い点々に見え、その前で黒い点くらいに見える校長が手をふり上げていた。

地恵のまわりは丸く開けて見え、水色の服が見え、空の地恵と校庭の地恵が白いものでつながっていた。千人の中で制服を着ていないのは、地恵だけであった。

そのとき地恵は、健や地恵の後見人となった伯父に騙されて、お金を横領され、もらえないことを確実にそして悲しく悟った。この学校で地恵は「いらん子」になったことを納得した。

これらのことを〝空〟の上で理解した地恵は、静かにするすると輪の中に降りて行った。地恵はまだ自分の身に大変な出来事が起こったことを知らなかった。そこまで解かっていれば地恵は降りて来なかったろう。

地恵を取り囲んでいた友達は、目を大きく見開いて後ずさりした。

世間は地恵が考えているほど甘くなかった。悪いのは伯父たちだけではなかった。気味の悪い体験をした地恵には、友達はいなくなった。地恵は学校でも、家でも半端物になった。学業を続けようとした地恵の努力はむくわれず、校長先生に叱られた生徒、変な生徒として無視された学校の中で、地恵の孤独な心は校舎をさまよった。

「お金のない人は、学校へ来る資格がないのよ」という先生の言葉を背に、「お金は伯父に取られたの」と心で叫びながら、地恵は退学した。

我慢しても、忍耐しても、頑張っても私は「父なし子」、伯父にお金を取られた「金なし子」。世間は地恵を厄介者と呼ぶ。

地恵は布団をかぶり何日も泣き続けた。布団から出た地恵はおどおどして、息が出来なくなり、また、布団の中にもぐり込んだ。

地恵は自分の足に喰いついている青い目の狼をしっかり見すえていた。地恵が死ねば狼や世間は喜ぶ。だけど地恵だけではない、十紀子の頭がまた割れる。まだ少年の健はきっと狼に食われる。地恵はどんなにあがいても口を離さない狼を見すえていた。布団の中で目を見はり、敵の目を睨んでいた。

ある日地恵は十紀子の泣き声を聞いた。

地恵は決心した。
絶対に許さない、青い目の狼を必ずたたき斬ってやる。
幽鬼のような顔をした地恵は布団から起き出した。
大人の刀を手に入れて、一生をかけて復讐するために。

（おわり）

挿入歌

子守歌

作詞・作曲　南川あき

どんぶらこっこ　ぎっこっこ
どんぶらこっこ　ぎっこっこ

銀の月夜の　波の上
赤いお舟は　どこえゆく
可愛いい坊やの　夢の国
どんぶらこっこ　ぎっこっこ
どんぶらこっこ　ぎっこっこ
銀の月夜の　波の上

おわりに

「銭守女（ぜにもりおんな）」。これはフィクションであります。これが現実ならあまりにも悲しく、血なまぐさい思いがいたします。

一節一節の中には、各家庭に息づいている言葉があり、なにげなく語られる言葉であっても、そんなにいじめているつもりでなくても、相手を傷つけている言葉があることと思います。自分には悪意がなくても人を傷つけてしまうことが多々ある、それを語りたかったのです。

この文自体が人を傷つけ、人を裸にしているところがあるかと思います。でも自信を持って、「私は人を傷つけない」と言いきれる人がいるでしょうか。

人間は、もろそうで、割り合いタフなものです。ある一言で傷ついても、それを癒そうとします。

けれども、くり返し傷つけられ、追いつめられると、もとの姿に再生出来なくなるのではないでしょうか。私自身が持っているこのような不安を書きたかったのです。

「青い目の狼」の文ももちろんフィクションですが、文中の戦争体験は私自身のものを書かせていただきましたので、現実味をおびるところがあるかも知れません。

しかし、私はあえてこれら二つの物語を書きました。

自分をみつめ直して、人生を考えなおすために書いた文と言えるかも知れません。

私はもうすぐ年金年齢、六十五歳を迎えます。人生の区切りとして、初めて己《おのれ》一人のためにこれを書き上げました。長い人生の間で心にうけた傷を癒そうと、自分のために書いたことで、今とても満ち足りた気持になっております。

最後に、表紙を飾る題を、老後を「書」に生きようとしている主人が、筆を取って協力してくれました。感謝しています。有難うございました。

二〇〇〇年二月二十二日

風間　志保

銭　守　女

2000年11月3日　初版第1刷発行

著　者　風《かざ》間《ま》志《し》保《ほ》
発行者　瓜谷綱延
発行所　株式会社文芸社
〒112-0004　東京都文京区後楽2－23－12
電話03-3814-1177（代表）
03-3814-2455（営業）
振替00190-8-728265

印刷所　株式会社平河工業社

乱丁・落丁本はお取り替えします。
ISBN4-8355-0876-9 C0093